前進する日もしない日も

益田ミリ

幻冬舎文庫

前進する日もしない日も

もくじ

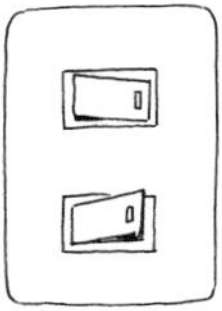

優しい言葉

買い物に行こうと家の近所を歩いていたら、道路の隅っこで砂遊びをしている男の子がいた。小学校の1年生くらいだろうか。

ずいぶん、かわったところで遊んでいるなぁ。

そう思って通りすぎたものの、なんだか気になる。振り返ってじーっと見てみると、男の子は目にいっぱい涙を浮かべながら、砂をかき集めていた。

あっ、自転車で転んだんだ！

その拍子に虫カゴに入っていた砂がこぼれて、それを一生懸命にかき集めているところなのだ。あわてて引き返し、彼の小さな自転車をもう少し壁のほうに寄せ、こぼれた砂を入れるのを手伝った。男の子はわたしの顔をちらっと見たものの、無言のまま砂を集めている。今にも涙がこぼれ落ちそうだ。

ひとりでがんばっていたんだな。痛かっただろうに。

一緒に砂を入れながら、声をかける。

「痛かったでしょう？　血、出てない？　痛いところない？　えらいね、ひとりでがんばってたんだね、すごいねぇ、がんばった、がんばった、あと少しだよ」

男の子を励ますつもりで口にした自分の言葉を聞いて、あろうことか、わたしの目に涙がにじんできたのである！　転んだ本人が耐えているのに、ただ歩いていただけの大人のわたしが泣くとは……。

自分に呆《あき》れながらも、優しい言葉って、人に言われるだけでなく、自分が発することによっても、温かい気持ちになるんだなぁ、と思った。

砂を入れ終えた男の子は、小さい声で「ありがとうございました」と言って、自転車で帰って行った。またどこかで、あの子が誰かに優しくされますようにと見送っていたのだった。

自慢の台所

わたしの仕事部屋は6畳ほどの洋室で、ベランダに面した南向き。日当たりはいいんだけれど、ちょうど隣のマンションと窓が向き合っているので、物干にすだれをさげ、目隠しにしている。それもスーパーで買ってきた、なんのこだわりもない980円のすだれ。はっきりいってオシャレじゃない……。おまけに仕事の資料や、展覧会をしたときの自分の絵などが積み上げられていて、どうもすっきりしない。時間があるときに片づけたいと思いつつ、きちんと整理するのは年に2〜3回くらい……。

だけど、台所はちょっと違う。ステンレスのシンクが光っている。それを見ると、ああ、いいなぁと嬉しくなる。シンクだけじゃなくて、電子レンジ、ゴミ箱まわり、床、冷蔵庫、ガスレンジ。いらなくなったハギレなどで水拭きして磨く。特にガスレンジは、すぐねばっとしてくるので、コンロの部分をはずし、スポンジに石鹸をつけてゴシゴシ洗う。起きたときにきれいだと気持ちがいいから、寝る前にさっと掃除をしておくのだ。

もちろんできる範囲。絶対にやるとは決めないで、できないときはまた後で。きれいな台所は好きだけど、掃除なんかしたくないときもある。

ただ、掃除をしやすくするために、台所用品をできるだけ買わないよう注意はしている。うちには食器棚もない。シンクの下の扉の中に、１００円均一で買った間仕切りを並べ、そこに入るだけの食器しか持っていない。雑貨屋さんに行くと、いろいろ安くてかわいらしい台所用品が売られていて欲しくなるけれど、こざっぱりした台所が好きだから、そこのところだけはぐっとガマンしているのである。

上京してから

絵を描く仕事をしようと上京し、若かったわたしが最初に感じたこと。それは、お礼を言われたい人がたくさんいるんだなぁ、ということだった。

地方から出て来た一生懸命な女の子がいる。じゃあ、仕事をあげよう。そういう人たちにわたしは助けられてきたのだけれど、中には、とにかく、いつまでも「感謝しろ、感謝しろ」と恩着せがましく威張っている人間がいた。

ただお金をもらっただけじゃない。わたし、仕事をしたんだよ。そう思ったものの、新人なんだから、とにかく感謝しなくちゃと自分に言い聞かせた日々。

そうかと思えば、大きなチャンスをくれる人たちほど、こちらが感謝の気持ちを口にすると、別になにもしてませんよ、あなたの作品がいいなと思っただけですよ、などとサラ〜っとしていた。

昔、最新のファッション雑誌に売り込みに行ったことがあったけど、気後れしたわたしは「こんなオシャレなところに来るんじゃなかった」と落ち込みながら家に帰った。すると、わたしが編集部に置いて帰った絵を、後でデザイナーが見てくれたらしく、しばらくして、ファッション雑誌じゃない、違うタイプの雑誌で仕事をくれたことがあった。お礼を言うと、「こちらこそ、かわいい絵を描いてくれてありがとう」と、逆にデザイナーが、新人のわたしにお礼を言ってくれるではないか！　そのデザイナーとは、あれから10年以上たった今でも、一緒に仕事をする仲である。

そろそろ自分を信用してみよう

　半年前に治療を終えた歯が、すっきりしない。個人差によって、しばらくは違和感があると説明されていたのだけれど、いくらなんでも半年は長くないか？　心配になってきて別の病院で診てもらった。するとそこの先生に「これじゃずっと痛いはずですよ」と同情された。神経の近くまで歯を削りすぎていて、食べ物を噛《か》むたびに響いていたのだ。さらにかぶせたプラスチックのサイズが合っておらず、噛み合わせが悪いと説明された。レントゲンを見ると、歯茎の奥のほうが炎症を起こしている。歯の神経をぬかなければならない。そう言われて、悲しいやら腹が立つやら。本来なら神経などとらなくてもよかった歯なのに、なんとバカバカしいことよ！

　わたしは、今回、こんな目にあってあることを強く思った。それは、そろそろ自分を信用しよう、ということだ。わたしは半年前の歯の治療のとき、実は不安だったのだ。主治医だった先生は、治療の道具をいつも投げるみたいに乱暴に扱っていた。繊細な歯の治療をする立場の人が、こんな乱暴で大丈夫なのかな？　不安の中で治療しつつも、黙っていたわたし。なぜなら「先生」なんだからしっかりしているはず、わたしの考えすぎなんだって言い聞かせていたから。だけど結局は歯の神経をぬかなければならない。

わたしは、もう、自分の直感を信用してもよい。

これが今回の教訓だ。

なんか変だぞ。そう感じたなら、わたしは、わたし自身、40年近く生きてきて自然に持った「直感」をもっと信じよう。自分が信用できないと思った人間からは、遠慮せずに逃げだしていいのだ。歯を一本失いかけ、ひとつ学んだわたしである。

お買い物とお稽古

絹紅梅《きぬこうばい》という夏の浴衣を注文した。浴衣といっても、長襦袢《ながじゅばん》を着てタビを穿《は》けば、夏の着物としても着られるのだそう。近々、知り合いの結婚式の二次会におよばれしているので、このたび奮発して買うことにしたのだ。

絹紅梅という生地は文字どおり絹。むこうが透けて見えるくらいに薄くて軽い素材だ。わたしは黄色と濃紺の小さな花模様を選んだのだけれど、きれいでとっても華やか。値段は仕立て代と合わせて8万円くらい。一緒に帯も頼んだので合計14万円の大きなお買い物だ。もとをとるために、夏のおよばれは絹紅梅を着倒さなければ！

ところで、わたしは着付けができない。パーティ当日は友人に着付けをお願いしたので大丈夫だけど、これから「着倒そう！」というからには、やはり自分で着付けができるほうがいいだろう。

というわけで、着付けを習うことにした。家の近所で安い着付け教室はないかなと探していたら、お手ごろなところを見つけたので早速、申し込んだ。16回の受講で、着物がひとりで着られるようになるらしい。まだ稽古がはじまっていないのでどんな雰囲気かわからないけれど、今から楽しみである。

ただ、ひとつ残念なことがある。今年にはいってからフラワーアレンジメント教室に通っていたのだが、着付け教室と同じ曜日のため、フラワーアレンジメントをお休みしなくちゃいけなくなったのだ。あんまり上達していなかったから、お休みするのはとっても心残り。なんて言いいながらも、すでに心は着物一色。紙粘土を買ってきて、手作りの帯留めなどを作りつつ、絹紅梅で颯爽とおでかけしている自分を想像している初夏なのである。

男友達

小、中、高校まで、ずーっと共学の学校だった。なのに、気楽に連絡をとれるような昔の男の友達が、わたしにはひとりもいない。

なぜだ？　理由はわかっている。男子を意識しすぎていたため、逆にちっとも話ができなかったからだ。小学生時代でも、クラスの男子の帽子をふざけて取り上げ、それを自分がかぶる、なんてことは絶対にできなかった。鬼ごっこをしても、わたしはいつも女の子の友達ばかり追い掛けていた。なのに心の中では、男子につかまえられることを期待していたのだ。

今でもよく覚えていることがある。小学1年生のとき、校庭の水飲み場で水を飲んでいたら誰かがぶつかってきて、わたしは転んでしまった。するとそばにいた5〜6年生の男の子がわたしを起こし「大丈夫？」と言ってくれたのだ。わたしはそのとき、こう思った。このお兄さんと結婚したい！　と。それからは、また会えないかな〜とよく水飲み場をウロウロしていたものだった。

こんなふうに、小さい頃から強く異性を意識していたわたしは、反対に、高校を卒業するまで、男子の友達などいないに等しかった。もちろん付き合ったり、デートをした人もいなかった。だから、男と女の友情なんか絶対にないと思っていたけれど、こうして「若いお年頃」を過ぎてみると、男のお友達というものも自然にできていた。彼らとは、読んできたマンガの本や、遊びが違ったりして、話していると「へぇー」と思うことがたくさんある。女友達とおでかけするほうが共通の話題が多くて楽しいけれど、男友達も、またいいものだと今は思うのである。

変わってくこともときどき心地いい

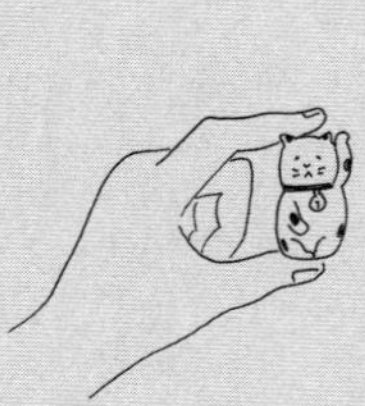

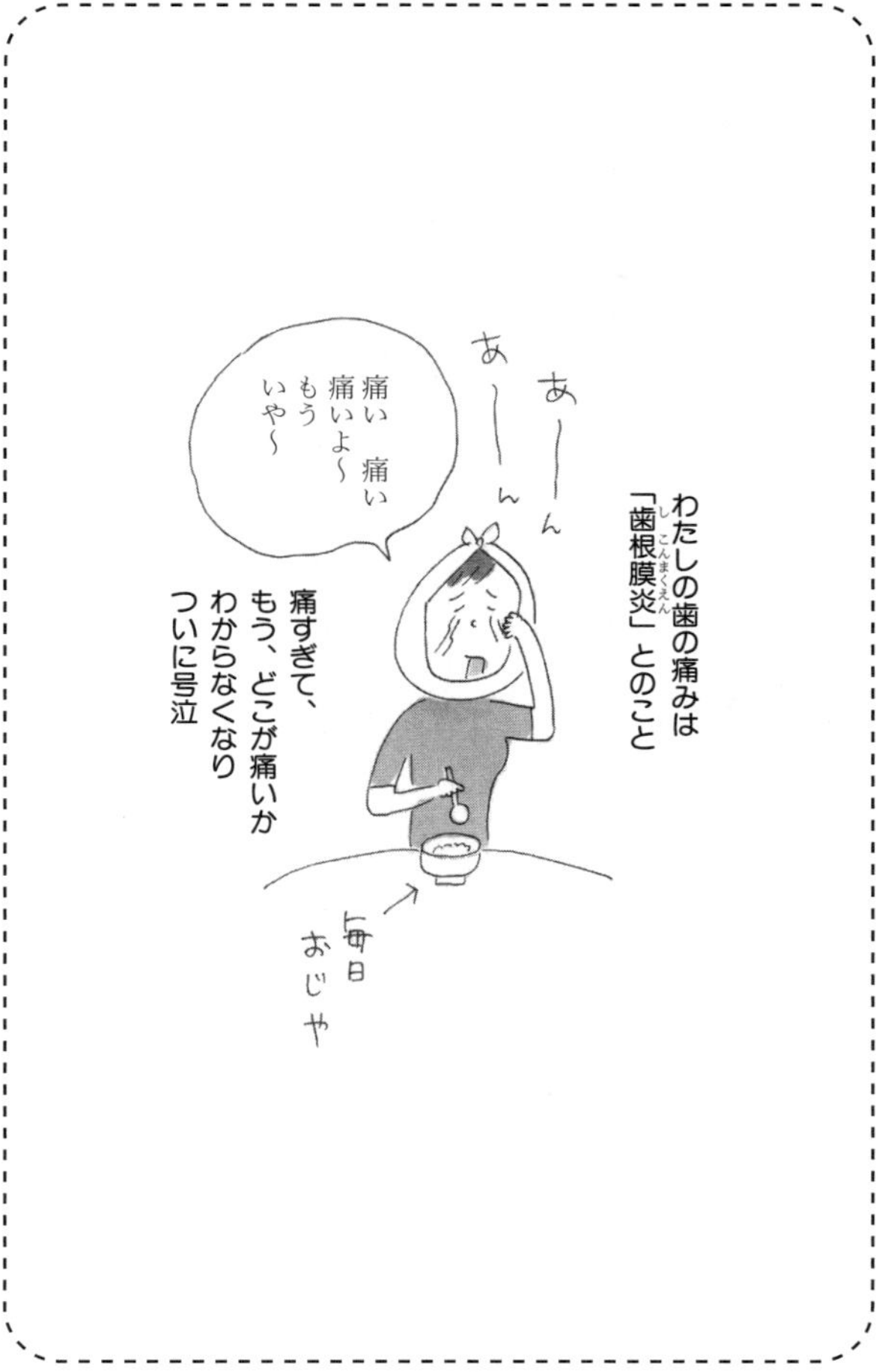
わたしの歯の痛みは
「歯《し》根《こん》膜《まく》炎《えん》」とのこと
あ〜〜ん
痛い 痛い 痛いよ〜 もう いや〜
痛すぎて、もう、どこが痛いかわからなくなりついに号泣
毎日おじや

歯痛

歯の痛い日々である。半年前に治療した歯の痛みがとれず、別の病院で診察してもらったところ、歯を削りすぎた治療のせいだと診断された。もう神経をとらなければどうしようもないとのこと。神経をとるなんて怖いから、なるべくそうしないでいいような治療を先生にお願いしていたのだけれど、日増しに痛くなるばかり。ついに歯の神経をとる決心をした。

先生は言う。「神経をとる治療は一日では終わらないので、すぐに痛みがなくなることはないです」。そして、そのとおり、1回目の治療を終えた夜、さらに歯の痛みは増した。ズキンズキン。キリキリキリ。気が遠くなりそうな痛み。つらくて、つらくて、わたしは、もう、本当になにもかも嫌になってしまって、声をあげて泣きだした。痛いよ、痛いよ、えーんえーんと、38歳の大人が、ほっぺたを押さえ、つっぷして泣いたのである。

半年前、ふらっと歯科検診に行っただけなのに、あれよあれよと削られて、ついにはこんな苦しみを味わっている。何週間も痛みに耐えていたけれど「あまりにも自分が気の毒だ」と思うと、涙が溢《あふ》れてとまらなかった。

胃への負担を考えて鎮痛剤は飲まないようにしていたのだが、根負けし、泣きながら飲んだ。1時間ほどしたら少し落ち着いてきたので、頬を氷で冷やして布団に入った。

翌日からは多少痛みがひいたけれど、でもキリキリとした痛みは4日過ぎた今もつづいている。痛みとともに起き、食事をし、仕事をする。痛みが日常になっている。これ以上の痛みに耐えながら生きている人が、この世の中には大勢いるのだ。歯の痛みが治まっても、そのことを覚えておかなければと思った。

コミュニティ

歯の神経をとったのに、痛みは益々ひどくなるばかり。別の歯医者さんを探すことにした。歯の痛みに耐えながら、夜通しパソコンに向かって歯医者さん選び。でも、わからない。インターネットで調べても、判断できず途方に暮れていたわたしは、あるセリフを思い出した。

去年、わたしは、ふと「老いる」ってどういうことだろう？　と知りたくなって、誰でも受けられる大学の講座に通っていた時期がある。その講座では、現在の老人ホーム事情から、肌の老化のメカニズムまで、幅広くいろんな先生の講議があった。ひとりの先生がこんなことを言っていた。これからは「やわらかなコミュニティ」が大事なのです、と。

たとえば、腰の調子が悪くなったとする。そのときに、「どこか腰痛にいい病院知らない？」って、数人に聞けるようにしておくこと。その中から、思いがけず近くでいいお医者さんが見つかるかもしれない。老人ホームのこと、介護のこと、リハビリに熱心な病院。自分で探そうと思ってもわからないとき、身近な友人、知人に、広く、気軽に聞けるようにしておくことが、老いていく上ではとても重要になってくるのだと先生は言っていた。

そうだ、まずは聞いてみよう。友人、知人、仕事で会った人、昔の同僚。みんないろんな場所で生きてきて、それぞれの情報を持っているはず。夜中にひとり泣きながらインターネットで調べたって、わたしは立ち尽くしているばかりじゃないか。

早速、数人にメールを送ってみた。歯が痛くて困ってます、どこかいい歯医者さんを教えてください。送信ボタンを押すと、少しだけ心が軽くなったのだった。

甘えること

歯の痛い日々がつづき、体重も減ってげっそりしてきたわたし……。新しく行った近所の歯科医院では、神経をとればなおると言われたのに、症状は悪化するばかり。そこで、いろんな知り合いに「歯が痛くて困っています」とメールしてみた。するとどうだろう。メールをした人みんなが気にかけてくれ、どんどん歯医者さん情報が届くではないか。

そうか、最初から聞けばよかったんだ。

わたしは子供の頃から、人に頼ったり、甘えたりするのが下手で、なんでも自分で背負い込んでしまうようなところがある。手伝って欲しい、教えて欲しいって言えばいいのに、いつも、なんとなく言い出しにくい。面倒なことを頼むのは悪いと思う気持ち。それから、後で恩着せがましくされるのではないかと思うと、恩を売られるくらいなら、ひとりでやりたいという気持ち。

このふたつが混ざりあって、頼るのも、甘えるのも、いつも躊躇《ちゅうちょ》してきた。だけど今回、素直に「困ってます、助けてください」って言ってみたら、誰も、面倒くさそうにせず、もちろん恩着せがましくもせず、ただ「歯が痛いのは辛《つら》いから、大変だね」と親身になってくれた。

その中のひとりの友人が、そのまた友人に相談してくれ、わたしの家からそう遠くない歯医者さんを教えてくれた。早速、予約の電話を入れて出かけて行ったところ、友人の友人という人が、すでに歯科医院に「知り合いが行くのでよろしくお願いします」と電話をしてくれていた。みんなに優しくしてもらい、むくむく気力が湧いた。

あれから1週間。あんなに苦しくて辛かった痛みも引いている。

母の着物

　最近、通い始めた着付け教室。週に一度、2時間16回コースで、ひととおり自分で着られるようになるそうな。1クラスは6～7人ほど。先生は、着物がよく似合う60代（たぶん）の素敵な女性だ。

　着付け教室に通いはじめたのは、友人の結婚パーティのために夏の着物を買ったのがきっかけなのだけれど、実は、もうひとつ理由がある。

　母の着物である。母は、自分のタンスに眠っている着物がもったいないと、ときどきこぼしていた。20代の頃、母が奮発してわたしと妹に着物を作ってくれたのだけれど、それも親戚の結婚式に一～二度着たっきり。着物なんか面倒くさーい。ずっと見向きもせずにいたのだが、最近になって、なんだかそれも悪いような気がしてきた。さらには、娘が2人もいるというのに、母自身の着物を着てくれる気配がまったくないのが淋しい様子で、「お母さんが死んだ後、どっちかでも着てくれたら嬉しいのに」

と言っていた。

それもそうだ。よし、ではわたしが代表して着ようではないか！

というわけで、着付け教室に通う日々である。

小物も、基本的には新しいものを買わずに、家にあるものを持ってきて使うことになっているので、わたしは実家の母に電話をして、母が持っているものをあれこれと送ってもらった。母も昔、着付けを習っていて、たしか師範の免状まで持っているはずだけど、ずーっと着物など着ていないから忘れてしまったという。

わたしが勉強してお母さんの着付けもしてあげるから、ふたりで着物でおでかけしよう。

そう言ったら、母はとっても嬉しそうだった。

ずっと考えてわかったこと

肌荒れと手足の冷えが気になって、漢方薬を処方してもらって飲んでいる。

先日、薬がきれたので病院に行ったのだが、いつも診てもらっている先生とは違う先生の日だった。受付を済ませ、診察室の前で待っていたところ、しばらくしてから看護師さんが慌てたようにわたしを呼びに出て来た。どうしたんだろう？　わたしが診察室に入ると、机に向かって座っていた中年の男性のお医者さんがこう言った。

「ひっぱたかないと中に入らないのか」

どういう意味かわからずポカンとしていたら、そばにいた看護師さんが、

「呼び出しが聞こえなかったのよね？」

必死にわたしをかばってくれていた。

ムムム。確かに、いつもはマイクで名前を呼び出すのに、今日はマイクではなかった。だから呼ばれても気づかず、わたしは座ったままだったのだろう。そのせいで先生はイライラし、すぐに診察室に入って来なかったわたしに向かって、「ひっぱたかないと中に入らないのか」と怒っていたのだ。

わたしは診察を受けながら、先生のセリフについて考えていた。診察が終わり、再び待ち合い室に戻って会計を待っている間も考えていた。そして、わかったのだ。

「ひっぱたかないと中に入らないのか」の中に隠されていた言葉を。それは、「動物」。動物みたいに、ひっぱたかないと中に入らないのか。そういう意味だとわたしは受け止めた。具合が悪くて病院に行けば、動物みたいに扱われる。なんとやるせないことよ。二度とあんな先生に当らないよう気をつけよう！　そう思い、受付で診察表の確認をしたら「今日の先生は医院長ですよ」と言われたのだった。

着物でおでかけ

最近習い始めた着付け。60代の優しい先生は、何度、同じことを質問しても、いつも笑顔で教えてくださる。生徒全員が初心者だから、最初のうちは肌襦袢《はだじゅばん》ひとつ上手に着られなかった。「先生、わたし、着物なんか一生ひとりで着られない気がします……」などと、みんな弱音をはいていたのだけれど、回数を重ねるうちに少しずつ格好がつくようになってきた。なんとか名古屋帯まで結べるようになり、次回からは袋帯のお稽古である。

帯が結べるようになってくると着物で外出してみたくなるもので、わたしも、この夏、自分で着付けて、何度か食事に出かけた。

着物でおでかけすると、いいことがいくつかある。一番実感するのが、混《こ》んだ道を歩いているときに、スッとよけてもらえること。汚さないように気をつかってくれたんだなぁと思うとありがたく、嬉しい気持ちになる。

あとは、誉められても素直に「ありがとうございます」と言いやすくなった。

今日の服、とっても素敵ですね！　などと言われると、無理して誉めてくれてるんじゃないかな？　この後、わたしまで相手を誉めると白々しいって思われないかな？　なんて気になるものだけれど、着物を誉められると、「はい、がんばって着てみました！」と、さら〜っと言いやすい。別に普段から「誉めてくださってありがとうございます」と言えばいいのだけれど、なかなか自然にできず、そういう意味では着物って楽かもしれない。

ただし、楽なのは気持ちの部分だけ！　今はまだ、着付けに2時間くらいかかってしまうので、やっと出かけるときには、すでに汗だくになっているわたしなのである。

知らない世界

友人に誘われて、東京ではなかなかチケットが手に入らない「文楽」を観に行って来た。誘われて、というのはちょっと違って、行く予定だった人が急用で行かれなくなったため「代わりによかったらどうですか？」と声をかけられたのである。わたしはこういうとき、それが文楽でなく、さほど興味のないような芝居やコンサートでも大抵「行きたいです！」と返事をする。知らない世界を知る、絶好のチャンスだから。誰かの代理でもちっとも気にならない。

わたしが普段からいろんな観劇に行っていると知り、「多趣味ですねぇ」と感心されることもあるのだけれど、実はわたしには趣味がない。のめりこんだり、誰かのファンになったりという感覚がほとんどないので、人に誘われない限り、どこにも行かない生活になりがちである。それは、それで悪いと思わないけれど、いろんな世界を観るのも、またよかろうとも思う。

文楽は、過去にも誰かの代理で誘われたことがあるのだが、たまに観ると結構、面白い。一体の人形を3人の人間が動かすのだが、よく、あんなふうに息がぴったりだと本当に感心してしまう。

ちなみに、わたしは、文楽も歌舞伎もすべてイヤホンガイドをつけて観劇する。イヤホンガイドというのは、舞台の解説を手元のラジオで聴きながら観劇できる有料のサービスで、これさえあれば舞台の上で何が起こっているのかが、初心者にも理解できる。理解できると、睡魔もこないし、長時間でも大丈夫。

素人だから、素人って思われても平気だ。こだわりもないので、何を観に行っても、だいたい新発見があって楽しいものである。文楽のお値段は6500円だった。

リトルワールド

変身をしに行こう！

というメールが届いたのは今年の春先のこと。相手は大阪に住む友人である。変身？　なんのこと？　しかし、だいたいの想像はついた。メールの主である彼女は、昔からいろんな衣装を着て写真撮影をするのが大好きで、おそらく今回も、どこかで衣装を借りて変身するお誘いに違いない。

メールを読みすすめてみればズバリ的中！　愛知県の犬山にある「リトルワールド」には、世界の国々の建物が展示されていて、それぞれの国の民俗衣裳を着る体験ができるのだそう。旅行を兼ねて、変身好きのもうひとりの友人と3人で遊びに行こうというメールだったのだ。

思い起こせば、大阪に暮らしていた10年以上前も、よく彼女たちに誘われて変身に行ったものだった。神戸の異人館に行き、ドレスを借りて撮影しあったこともあるし、ホテルのイベントでウェディングドレスを着て記念撮影したこともある。結局、あれがわたしの最初で最後のウェディング姿だった。

京都で舞妓さんに変身したこともある。真っ白に化粧された顔は、舞妓さんの衣装には似合うけれど、衣装を脱いだ後の下着姿には壮絶だった。涙を流して笑いあったっけ。そういえば、宝塚で、宝塚歌劇団の衣装を着て撮影したこともあるらしい。わたしは『風と共に去りぬ』のスカーレットの衣装を着たようだが、すっかり忘れている。写真を撮った記憶もないし、写真も残っているのかいないのか。でも、彼女たちいわく「一緒に行った」とのこと。無理があって忘れてしまいたかったのかも……。

ささて、「リトルワールド」はどんなところだろう？　平均年齢40歳、女3人の変身ツアーはもうすぐである。

年がいもないというにはまだ早く

大人の変身

大阪に住む女友達3人と、愛知県、犬山にある「リトルワールド」へ。世界の建築物の前で、民俗衣装を着て記念写真が撮れるテーマパークだ。変身好きの友2人は、過去にも大阪から遊びに行ったことがあるらしいのだが、新作の衣装が入荷したと知り、いてもたってもいられなくなったようだ。ついでに、わたしも一緒に行こうと誘ってくれたわけである。

思う存分、民族衣装を着てきた。インドのサリーに身を包み、妖艶なポーズでハイチーズ！　中国のチャイナ服では、スリットから太ももをむき出しにして撮影。イタリアではフリフリのドレス、南アフリカではンデベレ民族の色鮮やかな衣装。友達のひとりは、憧れだったという白雪姫のドレスでなりきりポーズ。他にも、韓国、ペルー、ドイツの衣装など、昼ご飯を食べる時間も惜しんで撮影しているわたしたちの平均年齢は40歳。わたしが一番似合うと誉められたのはベトナムの民俗衣装、アオザイ。大好評だった。と言っても仲間内だけのことだけれど……。衣装は一回借りるごとに500円とか、300円のお金がかかるのだが、わたしたちの目的は「変身」なので、おそらく10カ国は着たと思う。日本代表として沖縄の衣装もあったけど、時間が足りなくてこれは着られなかった。友達は沖縄の衣装も楽しみにしていたので、かなり残念がっていた。たぶん、彼女たちは、来年また行くことだろう。

閉園と同時に入場し、閉園まで思いっきり自分着せ替えで遊んだ一日。子供の頃は、大人になると楽しいことなんてないって想像していたけれど、そうでもないなぁと思う。帰りは名古屋でミソカツときしめんを食べ、元気よく解散したのだった。

出したり入れたり

週に一度習っている着付け教室は、平日の午後2時〜4時までの2時間。レッスン後は、先生を囲んでちょっとしたおしゃべりを楽しんでいる。晩ご飯は何にしようかしら？　とか、ゴーヤの天ぷらを作ったら美味《おい》しかったですよ～とか。そういう話題が中心なのだけれど、あるとき、そんなおしゃべりタイムのときに、「これ、田舎のお土産です」と生徒のひとりがお饅頭《まんじゅう》を出した。ちょうどお腹《なか》も減っている時間なので、みんなで美味しくいただいた。

すると、次の週には「わたしも田舎のお土産です、どうぞ」と、別の生徒が差し入れを持ってきた。そして、次の週もまたまた「お土産なんですが、どうぞ」、誰かの差し入れ。

こうなってくると、そろそろわたしも何か持って行くべきではないか？　と心配になるものの、どこにも行っていないからお土産もない。いただいてばかりで申し訳ないと思いつつ、でも、出かけてないんだから仕方がないし。

などとを思っていたときに、友達と愛知県に旅行へと出かけた。チャンス到来！　わたしも張り切って、名古屋でクッキーのお土産を買って帰った。よかったぁ、やっと着付け教室に持っていけるぞ！　そう思うものの、みんながみんなおやつを持ってくるようになると、なんだか「決まりごと」みたいになってしまわないか？　わたしの他にもまだ何も持って来ていない人もいるし、順番みたいになっては窮屈になっちゃいそうだし……。

着付け教室の日になっても、わたしは出かける前にお土産をカバンから出したり入れたり。結局、考えすぎて持っていけず、自分で食べてしまったのであった。

実家の引っ越し

実家の団地が老朽化のため、新しい団地に移ることになった。わたしも東京から泊まり掛けで引っ越しの手伝いに行ったのだが、もう、押し入れから不要品が出てくる出てくる。そのたびに母は「まだ使える」「思い出やから」と捨てようとしない。だけど、そんなことばかり言っていたら片付かないし、わざわざいらないものを新築の団地に持っていくこともなかろう。引き出物でもらった新品の食器もたくさん出て来たので、新品の食器をおろすことにして、古い食器は処分した。他にもあれこれ母を言いくるめ、荷物はうーんとすっきりした。新しい部屋はものも少なくて広々している。

生まれ育った我が家
老朽化で取り壊しに。
団地のドアを閉めるとき
「ありがとう」と思った

だけど、わたしは急に心がチクチクと痛みだした。自分がその新しい団地に暮らすわけでもないのに、あれも捨てろ、これも捨てろと、いろんなものを母に捨てさせてしまった。中には、母が何十年も大事にしてきたものがあったかもしれないのに。

東京に帰る日、わたしは母に

「お母さん、たくさん捨てろ捨てろって言ってごめんね」

って謝った。母は笑っていたけれど、なんだか悪かったなぁと悲しくなった。

ただひとつ、いくら言っても母が捨てなかったものがあった。わたしが短大生の頃に描いた油絵である。恥ずかしいから捨ててと言っても、母は、

「これはお母さんが死ぬまで持っとくんや」

と言って聞かず、大きな油絵のキャンバスを何枚も引っ越し屋さんに運んでもらっていた。わたしの絵を、無条件に好きでいてくれるのは、この人しかいないんだなぁと思った。

ちなみに、父の荷物はダンボール箱にしてふたつ（ひとつは衣類）。これと言ってものに思い入れがないようで、かなりすっきりしたものだった。

年金を払いに

　秋晴れの清々しい日だったので、散歩がてら社会保険事務所まで国民年金を支払いに行った。納付の窓口の人に、

「ここは横領とかあったんですか？」

と小さい声で聞くと、「ないです」とのこと。

　取り合えず、自分の年金状況を調べてもらった。わたしは年金ノートというものをしっかり作っていて、何年か前にも納付漏れがないか調べに来たことがあったのだが、念には念、今回も確認してもらった。大丈夫だった。

　それから、改めて国民年金の基本的なことも教えてもらった。説明書を読むのが苦手なので、こうやって直接話を聞けるのは嬉しい。

　まず初歩から。年金を受け取れるのは65歳。65歳の誕生日の3カ月前に、年金をもらう手続きのための資料が自宅に届くそう。これに振り込み先などを書いて返送しな

いと年金は振り込まれない。住所変更はしっかりしておかなくちゃ！　肝に銘じる。

あと、年金は、何年間払えばＯＫというものではなくて、３００カ月分払うというルールがあるので間違えないようにとアドバイスされた。ちなみに、わたしがこのままきちんと年金を払いつづけた場合、あと約13年で３００カ月に達成するそうだ。それを知ってびっくりしてしまった。13年なんてあっという間じゃないか！　13年後のわたしは51歳。まだ心のどこかで20代みたいな気分でいたのでショック……。年金の支払いは60歳までなので、51歳になっても終わらないんだけど、でも、とりあえず13年後、年金の受給権がわたしにはあるのだ。

なんだか遠くに来てしまっていたんだなぁ。つい、しみじみした秋の一日だったのである。

小浜

親戚一同が大騒ぎになっている。

なにを騒いでいるのかというと、NHKの朝のテレビドラマである。今回、物語の舞台にもなっている福井県の小浜市といえば、わたしの両親の出身地。ふたりともが小浜出身なので、親戚は小浜の人ばかりなのである。

その父と母も、大阪に暮らして40年以上。小浜での生活より大阪のほうが断然長いわけだけれど、故郷というのは強烈なパワーを持っているようで、他に大阪に住んでいる親戚たちと、会えばドラマの話題で持ち切りである。

つい先日、実家の引っ越しを手伝いに来てくれていたおじさん夫婦と食事に行ったときも、店中に小浜の話が響き渡っていた。

「あの家から、あそこまでは走っていかれへん！」

などと、ドラマの地理設定に文句を言いつつ、みんな本当に嬉しそうである。

主人公のお父さんは、若狭《わかさ》塗《ぬ》り箸《ばし》の職人さんという設定だ。わたしの祖母は、小浜で箸を袋に入れる内職をずっとしていたから、箸のことがドラマに出てくるとつい見入ってしまう。と言っても、実際、祖母が内職で袋に入れていたのは職人さんが作る高級なものではなく、一般家庭で気軽に使われる箸だったのだが、祖母は若狭の塗り箸をいつもいつも自慢していた。

当時、祖母の箸の内職で、わたしは、はじめて1円より小さなお金があることを知った。内職で「銭《せん》」という単位を耳にして、お金を稼ぐって大変なんだなと思った。祖母はもう亡くなったけれど、祖母が内職先からわけてもらったという若狭の箸は、今も実家で使っている。わたしも東京で使っている。こたつに小さく座って、おばあちゃんがひとつひとつ丁寧に袋入れしていた、あの安いほうの若狭の箸である。

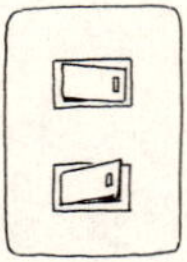

たくさんの月日が過ぎてもふるさとだ

本のこと

はじめてつづきものの本を読んだのは、佐藤さとるさんの『だれも知らない小さな国』シリーズだった。ひとりの青年とコロボックルたちのお話なのだが、小学生のときに親戚のおじさんに買ってもらい夢中になって読んだ。確か4〜5巻あったと思う。中学時代はあんまり本を読まなかった。少しは読んだと思うけど、思い出せない。『窓ぎわのトットちゃん』に感動したことは覚えている。

高校生になったとき、ふと『風と共に去りぬ』を読んでみたくなり、父に買ってきて欲しいと頼んだところ、父がよく行く古本屋さんで調達してきてくれた。思春期のわたしは、少し潔癖性なところがあったので、古本を触るのが嫌だった。でも、せっかく買ってきてもらったので悪いと思い、しぶしぶ本を開いてみたら、もうこれがすごく面白い。文庫本は大人が読む本って思っていたけれど、すぐに慣れて何度も読み返した。それで古本も気にならなくなった。

そういえば、高校生のときは、授業中に赤川次郎の推理小説を読むのが流行り、友達みんなで回し読みしていたのだが、「こいつが犯人」などと誰かが途中で落書きしていたりしておかしかった。

『トム・ソーヤーの冒険』も『赤毛のアン』も、二十歳《はたち》前後に読んで大好きになった。『トム・ソーヤーの冒険』は、今でも自分の好きな個所だけときどき読んだりする。トムのおばさんが、本当はトムが嘘をついていなかったと知って、こっそりひとりで嬉し泣きするところ。わたしはここでいつも泣いてしまうのだ。

本っていいなぁと思う。いつだって、自分だけの秘密の広場に連れて行ってくれる。

風邪

なかなか風邪がすっきりしない。熱が下がってホッとしても咳《せき》がとまらず、やっと咳がとまっても、お風呂に入ったら、またぶりかえして熱が出てくる。もうここ2週間ほどは、ほとんど家にいて寝たり起きたりなのである。

約束していたいろんなことをキャンセルしたり、楽しみにしている着付け教室もお休みせねばならず、本当につまらない。

わたしには同居している彼がいるので、わたしが風邪のときは彼に頼ることになる。普段、わたしたちは家事を分担でやっているのだけれど、しばらくは彼が全部引き受けてくれている。病気なのでお互いさまとは言うものの、彼は風邪なんか全然ひかないので、お互いさまでもない気がする。

熱があって辛いときは、薬を飲んで寝ているしか仕方がないのだけれど、家に誰かがいるのといないのとでは気分も違う。彼が仕事とか、夕飯の買い物に出かけて行きそうになると、つい、「出かけるの？ 何時に帰ってくるの？」などと言ってしまうわたし。そんなこと言ったって、彼には出かけて行く用事もいろいろあるのだ。お医者さんじゃあるまいし、ずっと隣で付き添っていても、これといってすることもない。

わかっているのである。わかっているけど、ついつい風邪のせいで気弱になってしまう。彼が出かけて行った後は、眠ったり、本を読んだりしているのだが、気が付くと時計ばかり気にしている。早く帰ってきてくれないかなぁ。そうだ、帰って来るまでになんか美味しいものでも作っておいてあげよう！ そう思って台所でウロウロしていたらまた熱があがってしまうのだった。

クリスマス

ずいぶん昔、仕事で知り合った女性が、自宅でのクリスマスパーティに招待してくれた。おうちに行くと、ひとり暮らしのマンションなのにとにかく広い。玄関でコートお預かりしますねと言われ、わたしは自分の安物のコートを渡すのが恥ずかしくて真っ赤になった。

リビングに案内されると、すでにお友達がたくさん来ていた。みんなワイングラスを片手に談笑している。部屋にはキャンドルが灯《とも》っていて、テーブルの上にはオシャレな料理の数々……。

何か一品持ち寄りということになっていたので、わたしはからあげを買っていったのだけれど、もっと別のものにすればよかったなぁとモジモジ。勇気を出して「これ、どうぞ」ってからあげを差し出すと、「まぁ、美味しそう」と喜んでくれた。

話題は、夏に行った別荘のこととか、お父さまの経営している会社のこととか。ドラマの中にでてくるみたいなお金持ちの人々から聞く、雲の上のような会話の数々。わたしはそれをニコニコと拝聴し、みなさんにもとても親切にしてもらい、お料理をほどほどに食べた。

終電の時間が近づいてきたのでお礼を行って帰ろうとすると、ひとりの女性が「わたしもそろそろ」と立ち上がった。それで、わたしは彼女とふたりで駅までの夜道をてくてくと歩いた。

その人は、ちょっとわたしに似ていた。容姿じゃなくて、お金持ちじゃなさそうなところ。「素敵なマンションでしたね、うちとは全然違います」とわたしが言うと、その人は「うちも全然違う」と照れ笑いした。次の年も誘われたけれど、行かなかった。一緒に帰ったあの彼女も、たぶん行かなかったと思う。

安物のコートわたしの値段じゃなく

ポンジャン

子供時代のお正月といえば、よく家族でゲームをした。今みたいにテレビゲームがない時代だから、家族でできる一番てっとり早い遊びといえばトランプだった。七並べをすると、いつも父が意地悪をして、出して欲しいカードをわざと出さない。それでよく負かされたけれど、「意地悪」がないとゲームって盛上がらないということがよーくわかった。今はどうかわからないが、わたしは子供の頃、友達とオセロゲームをしてもたいてい勝ったものだ。オセロも、父の意地悪作戦を伝授してもらっていたからだ。

ポンジャンという子供向けのマージャンゲームも家族でよくやった。お茶やジュースを用意し、父、母、妹とわたし、4人がこたつに集合する。勝利者の賞品となるチョコレートやお菓子は、年末に父がパチンコで貰《もら》ってきたもので、1ゲームごとに勝者がひとつもらえるのがルールだ。勝って賞品がたまってると嬉しいし、貰えないとますます燃えてくるし。わたしと妹が夢中になって遊んだのは言うまでもないが、父と母も、子供の付き合いというより、本気で楽しそうだった。そりゃそうだろう、自分たちが楽しくなきゃ、昼過ぎから夜の12時まで、一日中ゲームに付き合うなんてできるわけがない。もちろん、途中でおやつをとったり、母がぱぱっと作ったご飯を食べたりもするのだが、基本的には、ひたすらポンジャンの一日だ。遊んでいるときは、テレビは消すことになっていた。遊びでもみんなで集中しないと面白くないというのが父のルールだったからだ。時間なんか気にしないで、ずーっと4人で一緒に遊ぶのが楽しかった。なによりの楽しいお年玉だったと思う。

たっぷりと遊んだ思い出売ってない

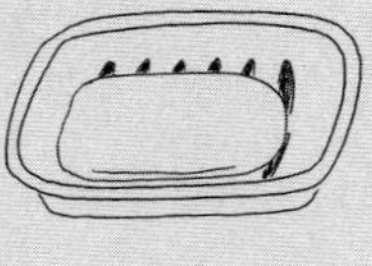

妄想

文章を書くのと、人前で喋《しゃべ》るのは、同じテーマについて述べるにしても、わたしの中ではかなり違ってくる。文章のほうがじっくり時間をかけて考えられるから、思っていることにかなり近い。

それでも、時々、本当に感じたこととなんか違うんだよなぁとモヤモヤすることもある。だから、テレビで自分の意見をきっぱりと言いきっているコメンテーターなどを観ると、すごいなと思う。

とは言うものの、わたしはずーっと昔、テレビに2回出たことがある。両方とも自分の本の宣伝のためなのだが、自分をよく見せたいと思うあまり、話していると辻褄《つじつま》があわなくなってきて冷や汗をかいた。そういう経験をして、つくづくわたしはテレビ向きの人間じゃないのだと判断ができた。だから出ないほうが身のためなのだ。

ところが、つい最近、またまたテレビの出演依頼がやってきた。妄想について語ってくださいとのこと。わたしは自分が子供時代によくした「妄想」のエッセイ集を出版しているので、白羽の矢が立ったのである。

ちなみに、わたしが子供の頃にした「妄想」というのは、ある朝、突然、美人になっていたらいいなとか、お金持ちのお嬢様だったとしたらいいな、というささやかなものばかり。

テレビ出演の企画書を見ると、人気のお笑い芸人とふたりで「妄想」を賞賛するという内容だった。当然、辞退した。上手に話せるわけがないから。

ただし、断ってからというもの、その番組に出演し、芸人さんと楽しい話を繰り広げている自分の姿を妄想し、繰り返し頭の中で楽しんでいたのだった。

人間ドック

年末に、うまれてはじめて人間ドックに行って来た。いつもは区の無料の健康診断を受けていたのだけれど、一度じっくり診てもらおうと4万円もするコースに申し込んだ。わたしは兼ねてから「バリウム」というものを一度飲んでみたいと思っていたのでチャンスである。

婦人科検診は別料金だったので、これもオプションでつけた。そういえば電話で申し込んだときに、「乳癌検査はエコーにします？　マンモグラフィにします？」と、まるで「コーヒー？　それとも紅茶？」みたいに聞かれたけど、それも変な話である。ちなみにマンモグラフィは乳房のX線撮影のことで、エコーは超音波を使っての検査。わたしは過去に両方とも受けたことがあるので、知っていたが、はじめての人に突然そんなことを聞いてもわかるわけがなかろう。どっちの検査が今の自分にあっているのか、まずは先生と会って相談して決めるべきだ。わたしがそのように告げると、電話口の彼女はものすごーく面倒くさそうに「わかりました」と溜息《ためいき》をついていた。思わず「4万円も払うのに〜」と言いそうになってしまった。

さて、当日。バリウムは昔に比べると飲みやすくなったと言われているが、普段から、コップ一杯のお茶でさえイッキに飲めないわたしにとっては、あんなドロドロしたものをグイッと飲まねばならないのは一苦労。でもなんとか飲み干した。味はヨーグルトみたい。乳癌検診は、先生と相談して超音波にした。「先生に直接話を聞きたい方は、一番最後になります」と看護師さんに言われ、早く行ったのにずいぶん待たされたっけなぁ。元気に家を出たのに、帰る頃にはぐったり疲れていたのである。

女だけの新年会

今年も浅草の新春歌舞伎に行って来た。いい席をとってくれる知り合いのおかげで、年明けは毎年7〜8人の女友達と観劇するのが恒例となっている。

浅草新春歌舞伎は、若手の花形が勢ぞろいする舞台で、中村獅童、中村勘太郎、七之助兄弟などフレッシュな顔ぶれだ。去年の大河ドラマでも活躍した市川亀治郎は、なんと雪姫というお姫さま役。刀を振り上げていた大河ドラマと打って変わり、美しい着物姿である。役者さんってすごいもんだなぁと、当たり前だけど感心してしまう。

そして、観劇の後は、これまた恒例、女だけの新年会。おしゃべりをしながら、おいしいトンカツ屋さんで熱々のトンカツをペロリ。

「カッコよかったねぇ、片岡愛之助」

などと、みんなで話していたら、トンカツ屋のおばさんが
「まぁまぁ、楽しそうなこと！」

と、ニコニコ笑ってお茶をついでくれた。

わたしも、心の中でそう思っていた。こうやって仲良しの友達とお芝居を見るのは、なんて楽しいんだろうと。心の中をのぞけば、みなそれぞれに悩みなどあるんだろうけれど、でも、こうやってお芝居を観て、トンカツ食べて（その後ケーキも）、今年もいい一年にしようねと笑いあって家路につく。そんなとき、「人生の意味」みたいなものが、ちょっとだけ見えた気になる。

人生って一体なんなのだろう？　いい人生ってどうすればいいのかな。もっといい人にならないといけないんじゃないか。そう思うこともあるけれど、お芝居の余韻を胸にお風呂に入って目を閉じていると、こういう感じでいいのかもって、じんわりしてくるのである。

静かに観察

初対面の人と喋るのは、それほど苦にならない。もちろん緊張はするけれど、わたしは人当りがいいし、自分でいうのもなんだけど、害がなさそうである。動物にたとえるならロバみたいな感じ。だから先方もあまり身構えないようで、比較的なごやかにお話ができる。別に演技をしているわけじゃなくて、昔からこんな感じなのである。

でも、だからといってぼんやりしているのかというと、さほどぼんやりもしていなくて、相手が自分の嫌いな言葉を使ったりしているのを耳にすると、結構、忘れない。ああ、この人の心の根底には、こういう考え方が流れているんだな。冷めた気持ちになる。

あと、信用しないほうがいいぞ~と思うのは、会話の中に他人の名前をたくさん出す人。すごくうさんくさい。どうせ、わたしのこともどこかでおしゃべりするんだろう。気をつけて付き合おう！　と思う。

それから、お酒が入るにしたがって「おいっ、聞いてんのか？」なーんて、態度が大きくなっちゃう人。酔っぱらっているから仕方がないよな〜って、寛大な気持ちになれない。たとえ酔っぱらっていたときのことでも、失礼だったなぁと感じたらなかなか帳消しにできない。でも、だからと言って、プイッと感じの悪い態度で付き合うのかというと、そんなこともしない。それなりになごやかにお話ができる。

そう考えると、わたし自身も、知らない間にうっかり失礼な発言をして、それを先方がいつまでも覚えていることもあるんだろうなぁって思うのだった。

くじ運

新年に、おみくじを2つひいてみた。ひとつは「吉」。もうひとつは「凶」だった。凶のおみくじには、こう書いてあった。「天に向かってお香をたきあげるように、あなたの願いは届かないでしょう」。天にお香かぁ、そりゃ届かんわ。そう思っただけで、まったく気にならない。というより、なかなか素晴らしい文章だなぁと感心してしまった。単に「願いはかないません」と、書かれてあるより風情がある。思わず空を見上げたくなった。あんまりよい文章なので、持ち帰ってしばらく仕事部屋に飾っておいたくらい。

おみくじに限らず、わたしは占いというものにも馴染《なじ》みがないのだけれど、ただ、宝くじを買うと、一応冷蔵庫に入れておく。冷たくて暗いところに保管しておけば当る、などとどこかで聞いて、どうせなら入れておくかな、と思って。でも、当らない。夏と冬のジャンボ宝くじは、大抵10枚、3000円ぶん買うのだが、当っても300円ぽっち。

ちなみに、宝くじはバラを買う。連番で買って、前後賞まで当ってしまうと大変だもの。そんな大金、どう使っていいのか見当もつかない。

そういえば、年末に宝くじを買いに行ったとき、宝くじ売り場の近くでモメている家族があった。お父さんと小学生の男の子がふたり。10枚、3000円。バラで買うか連番で買うか、意見がまとまらず話し合っていた。聞き耳を立てていると、お父さんはバラで、子供たちは連番を希望している様子。そして、最終的には連番を買っていた。3人とも、とっても楽しそうに、仲良く帰って行った。

あの人たち、宝くじ、当らないほうがいいんじゃないかなぁ。
後ろ姿を見送りつつ、そんなことを思ったのだった。

おみくじの文章って
ちょっとカッコいい

ひとつ叶う願い譲れるくらい好き

胸がじーん

本を出版して、その本がよく売れたら増刷になる。重版とも呼ばれているのだけれど、1回重版になると1刷、2回だと2刷などと本の最後のほうのページに刷数がどんどん増えて印刷されていく。それが何回も何回も繰り返されるとベストセラーになるそうだが、わたしにはベストセラーが一冊もないので、どういうスピードでそうなっていくのかは、はっきり言ってよくわからない……。

試しに、最近読んだ谷崎潤一郎の文庫本『細雪』の刷数を見てみたら、105刷になっていた。わたしの文庫本の最高刷数は6刷なので、そりゃもうケタ違いである。しかも『細雪』は上、中、下と3巻もあって、どれもたくさん増刷になっている。合計すると何刷だ？　などと、谷崎潤一郎と比較しても仕方がないのでもうやめよう。

さてさて、1月末に発売となったわたしのマンガの新刊。評判がよく、発売してすぐに4刷になった。担当してくれている編集者から

「ミリさん！　決まりましたよ、重版！」

と、弾んだ声で電話があるたびに、胸がじーんと熱くなる。1年かけ、悩み悩み描いた作品を、少しでもたくさんの方に読んでいただけるのはやっぱり嬉しいものだ。

本屋さんで自分の新刊を見かけるたび、一冊買わずにはいられない日々である。

そして、電車の中では自分の本の表紙が、よーく見えるように読みながら帰る。

作者なんだし、それくらいの宣伝はしよう！

と思ってはいるんだけど、新刊のタイトルを考えるとちょっぴり複雑。電車に揺られつつ、39歳のわたしが読んでいる自分の本のタイトルは、『結婚しなくていいですか。』なのである。

じーんとする心がわたしを守ってる

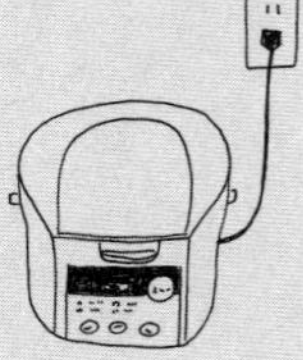

世にも悲しいひとり芝居

　新刊のマンガが好評のため、新聞や雑誌などで取材をしていただく機会がちらほらとある。

　嬉しい。嬉しいけれど緊張する。自分が描いたマンガなのに、あれこれと質問をされると大抵、上手に答えられないからだ。

　つい最近も、雑誌の取材を受けることになったので、自宅で練習していくことにした。背筋を伸ばしてイスに座る。早口にならないよう、元気よく質問に答える。もちろん、その質問は自分で考えた架空のものだ。

「どうしてこのマンガを描こうと思ったんですか？」

「あ、はい、そうですね……」

　などと世にも悲しいひとり芝居……。

　さらに心を悩ますこと。それは取材当日に着ていく洋服や、髪型である。女優じゃないんだし、誰もわたしの容姿に期待していないのはわかっているのだが、それでも、描いたマンガを読んでみたくなるような顔写真のほうがいいのではないか？　と思うから、どうしよう、何着よう、どんな髪型にしようと、またまた悩む。やっぱり爽やかな白いブラウスがいいんじゃないか？　と、ブラウスを買いに行ったり、美容院の予約をとったりと大忙しである。

そして、その美容院でも一騒動。あんまりビシッとセットしていくと、すごーく張り切っていると思われそうで恥ずかしい。

「美容院でセットしてないように見えて、できればナチュラルな暮らしをしている女性のイメージで……」

などと、なぞなぞみたいな注文をして美容師さんに苦笑されている。

取材当日、果たしてわたしはちゃんと答えられていたのだろうか？　どんな原稿や写真になっているのか、いつもドキドキなのである。

食べられなかった生姜焼き

外出先でお腹が減ったので、ランチを食べにレストランに入った。生姜焼きを注文し、待つこと10分。出された生姜焼きには、血がにじんでいた。ブタ肉はよく火を通したほうがいいんじゃないかな？　と思って、お店の人に「もう少し焼いていただけますか？」と伝えた。「すぐに焼いてきます」と料理は下げられた。そして待つこと5分。生姜焼きが再びやってきた。じーっと見る。まだ血がにじんでいた。でも、焼いてくれたんだから気のせいかもと思って一口かじってみたら、なんとお肉が冷たかったのである。

焼き直してないんじゃないの？

こんな店、もう出よう。さっさとレジに行ってお金を払う。わたしがなんにも食べていないのをわかっているのに、お店の女性は知らん顔だ。こういうのなんか変だなあと思いなおし、勇気を出して苦情を言う。「あの、お肉、焼き直しましたか？　厨房に確認してきてください」。しばらくして厨房からもどって来た女性は、「焼き直したそうです」と言って、もう別の仕事に戻ろうとしている。おいおいおーい。わたしは、コックさんを呼んでもらい「あれ、焼き直してないでしょ?」と聞いてみた。男性のコックさんは言った。「焼き直してません、忙しかったんで……」。

レジの女性に、わたし、やっぱりお金払うんですかね? って聞いたら、返金になった。お腹を空かせたまま店を出るわたしの背中に、「またお越しくださいませ」という機械的な声が響いていたのであった。

真夜中の銀座のホテルにて

大阪に住む友達が、東京までお芝居を観に来るというので、久しぶりに会うことにした。せっかくなので、一緒にホテルに泊まり、のんびりおしゃべりしようと盛上がる。

さて、晩ご飯はどこで食べよう? 泊まるホテルは銀座にしたので、やっぱり銀座あたりがいいだろう。だけど、わたしは銀座でご飯を食べる機会などないので、どんなお店があるのかよくわからない。銀座にオフィスがある別の友達にメールで聞くと、すぐに3軒のおすすめレストランを教えてくれた。なんだかカッコいいなぁ。そういうお店がすぐに出てくるなんて、まるで大人みたいだ。いや、わたしだってとっくに大人なんだけど、ぜんぜん頼りない。教えてもらった野菜のレストランはとっても美味しかった。

夕食後は、ホテルの部屋でチョコレートなどをつまみつつ、長い長いおしゃべりタイム。

20年ほど前、彼女とは同じ会社に勤めていた。わたしたちは6年間ずーっと向かいの席だった。そして、その頃も、新発売のチョコレートを昼休みに交換して食べていたものである。

いろいろと助け合ったし、仲良しだった。仲良しの同僚から、今は仲良しの友達である。月日が流れるって早いねぇ。しみじみしていたら、突然、彼女が、

「骨盤体操知ってる？」

とレッスンを始めた。仁王立ちになって、クネクネ変わった動きをする体操だ。ウ

エストが細くなるんだとさ。やっていたら笑えてきて、ふたり、真夜中のホテルの部屋でクネクネしつつ吹き出してしまった。カッコいい大人は無理かもしれないけれど、愉快なオバサンになれそうな、そんなわたしたちである。

卒業

小学校の卒業式が終わった後、教室で友達とシクシク泣いた。小学生でなくなることが淋しかった。これからはじまる中学校の校則、先輩、内申書、受験……。わたしの小さな胸は震えた。

中学校の卒業式は清々した気分だった。中学校は窮屈すぎた。高校の卒業式は笑っていた。短大生になるという希望に輝いていたからだ。わたしは美術の学校を選んだので、毎日好きな絵を描けばいい。ああ、楽しそうだなぁ。2年なんてあっという間に過ぎてしまった。

短大を卒業するとき、わたしは就職先が決まっていなかった。決まっていないのは、確かクラスでふたりだけだった。いくつかのデザイン会社の面接を受けたけど、どれも落ちた。それで途中から就職活動もしなくなり、とにかく卒業制作の絵を一生懸命、描こうって思った。朝から晩まで絵ばかり描いていた。気づいたら卒業式で、わたしの未来は何ひとつ決まっていなかったのだ。

短大を卒業してから、わたしは怖くて怖くて泣いてばかりいた。大人になりたくなかった。大人の世界に出て行くのが恐ろしかった。もう一度受験して大学に行こうかとも考えたけど、お金もないし、とにかくバイトを見つけて働き出した。絵とは関係ない事務職のバイトだった。そして夜になると、布団の中で「怖い怖い」と本当に毎日泣いていた。

その後、就職したり、東京に出て来たりして現在に至っているのだけれど、春が来るたび、「怖い怖い」って泣いていた二十歳《はたち》の自分を思い出す。あれは、大人になるための涙だったのだと思う。

じゃあまたね、友は何度も振り返り

アンの魔法

『赤毛のアン』の本の中で、アンが近所に住むレイチェル婦人に、髪の毛が赤いのを「まるでにんじん」と言われカンカンに怒るというエピソードがある。レイチェル婦人はさほど考えもなく言ったんだけど、アンが「あんたもぶかっこうだ」などと対抗してしまったことにより大事件になってしまう。レイチェル婦人に謝らない限り、アンはもとの孤児院に戻されてしまう。でも、悪いと思ってないから謝りたくない。幼いアンは苦悩し、やがて彼女はひとつの名案を思いつく。

悲劇のヒロインになったつもりで謝ってみよう。

アンは、レイチェル婦人の前にひざまずき、芝居仕立ての大袈裟《おおげさ》なセリフを考えて、身ぶり手ぶり派手に謝りまくったのだ。謝るということ自体を楽しもうとしたアン。これでこの件は解決する。

わたしは、このときのアンに、何度、助けられてきたことだろうと思う。

自由にならないことなどたくさんある。会いたくない人に会わなければいけないとき。気のすすまない仕事を引き受けなければならないとき。本当に本当に嫌だったらトンズラしてもいいんだけど、まぁ、気合いを入れればなんとかなるかなっていう場合、わたしはいつもアンのことを思い出すのだ。本当じゃなくてもいいんだって。

心の中ではいやいやだったとしても、でも、やるとなったからには舞台に立った主役のつもりで演じてしまおう！　今は舞台中なんだから、このひとときだけ、できる限り与えられた役柄を演じ、その自分をアンのように面白がろうではないか。そう考えて乗り越えてきたことって、意外にたくさんあるような気がする。本がわたしに力をくれたのだ。

ちなみに、その演じているときの「わたし」しか知らない人に、後日、普通に会うと、

「あれ？　なんか、この前と感じが違うなぁ」

戸惑わせているのかもしれない。今はアンの魔法がかかっていないんですヨ。わたしは心の中でそーっと思っているのである。

ワンダフルライフ

料理の本や、雑誌の特集などを見ていると、ホームパーティという言葉に目が止まってしまう。

ホームパーティ。

なんとも素敵なひびきである。テーブルの上に素敵な器を並べ、ハーブを使うような凝った料理の数々。そしてその料理は、お皿にドバーっと流し入れるんじゃなく、葉っぱを敷いたり、小分けにしたりと一工夫。ナフキンやおしぼりまで用意する丁寧なおもてなしだ。さらには、食後のデザートまで手作りで、コーヒーだって、普段わたしが利用している粉末のインスタントなどではなく、ひきたて、いれたてである。

ああ、わたしもこういうオシャレなホームパーティをしてみたいものだなぁ。

つい、夢見心地で雑誌の写真に見入ってしまう。妄想ぐせがあるわたしは、いつか自分が開催するホームパーティにも役立つだろうとフラワーアレンジメントを習ったこともあるのだが、いまだ我が家でフラワーアレンジメントが必要とされたことはない。

どうして、わたしは素敵なホームパーティに憧れるのだ？

わかっている。

益田さんのホームパーティって素敵だわって思ってもらいたいのだ。

日々、オシャレに暮らしているから、そういうことが自然と板についているのだ、と思われたいのである。

こういう打算人間は、雑誌のセレブなホームパーティの記事を熟読し、うっとりしているくらいでちょうどいいのである。

火の粉《こ》の人

あれよあれよと、ものごとを進めていくのが上手な人が恐ろしい。わたしにとって、そういうタイプの人々は降りかかる火の粉のよう。逃げようとしても、熱くてうまく払い除《の》けられない。

あ、火の粉の人だ！

初対面の、その瞬間でわかる。

たいてい女の人だ。男の人は、ちょっと時間がたってから「あ、この人、火の粉かも」って思うんだけど、女の人は早めにビビビーっとくる。

でも、だからといってなかなか逃げられない。てきぱきと決められてしまうと、オロオロしてしまって反論ができない。そして、後から沸々と腹が立ち、ひとりで怒ることにいい加減うんざりしている。

どうやったら、もっと強くなれるんだろう？

自問しつづけている。自問しつづけている人生だ。

だけど、わたしは自分のことを弱いとも思っていないのだった。強いか弱いかのどちらかと聞かれれば、強い、と答えるしかない。

最近買ったエレファントカシマシのCDに収録されていた曲の中に、俺は都合よくできていて、悲しみからもすぐに立ち上がる、という内容の歌詞があった。それを耳にしたとき、「そうなんだよな～」と、しみじみしてしまった。傷つきながらも、やっぱりわたしも元気になっていくのだった。

割合でいうなら、わたしの心の強さは6、弱さが4。ほんの少し強さが多い。たぶんこんな感じなのだと思う。

この微妙なバランスを保っていくためには、どうしていけばいいのかな。のらりくらりと返事をしない、という方法ってどうだろう?

最近はそんなふうに考えたりするのである。

留守番電話

電話が鳴ったからといって、必ず出なければならないこともない。

ずっと前に、どこかでこのセリフを聞いたか、読んだかしたとき、すーっと力が抜けていったのを覚えている。

電話が鳴れば、出なければならないと思っていた。

なんの疑いも持ったことがなかったのだけれど、このセリフが飛び込んできて、とっても嬉しくなったのである。

電話が鳴ったからといって、必ず出なければならないこともないのだ！だけど、わたしは電話が鳴れば出る。大切な仕事の用件かもしれないから。でも、別に出なくてもかまわないんだ、という気持ちでいることはいいなぁと思う。いいなぁと思うから、わたしはごくごくたまに、電話が鳴っても出ないのだった。

もちろん気まぐれに出ないのではない。人と話したくないときに出ないと思う自分もまた、正しい自分だと思うからである。わたしの人生は、やっぱりわたしの時間なのだ。そのために留守番電話というものが開発されたのだ、と思うことにしている。

そういえば、まだ留守番電話が出始めの頃、たいていの知り合いは「音楽」にもこだわっていた。留守番電話に自分の声を録音するとき、ラジカセ（死語か？）を隣に置いて、自分の好きな音楽と一緒に声を吹き込むのだ。なんというか、ラジオ番組が始まるときみたいな感じとでもいうのでしょうか……。

知り合いに電話をかける↓留守番電話機能になる↓音楽が流れる↓メッセージが始まる↓やっと用件が言える

長かった〜。

用件を言うまでに時間がかかった。急いでいるときにはイラっとするのだが、実際、わたしも張り切って音楽にのせて自分の声を録音していたから文句も言えない。

今は、メールで済ませることが多いから電話が鳴ることも少なくなった。けれど、留守番電話はちょっとだけ人を自由にする機械だってことを、心の隅で覚えていたいと思うのだった。

イライラ限界

人前でイライラ怒っている人って、はたから見ると、ひどくかわいそうな感じがする。もっと冷静になればいいのにな〜って呆れてしまう。

だけど、自分がイライラしているときには、ちっとも冷静になれないのだった。

なんだか最近、自分のイライラのスピードが速くなってきている気がする。というより、イライラの限界が狭くなってきている。昔から短気ではあるけれど、ゆったりした心をどんどん失いつつある。

イライラしないようにしたいと思うのだが、イライラの種は突発的に飛んでくるから準備ができない。カルシウム不足が原因などとよく耳にするけれど、あれは本当なのだろうか？　本当かもしれない。わたしは魚料理があんまり好きじゃないから、普段の生活ではほとんど口にしていないし……。

買い物や食事に行った先でぞんざいな扱いを受けると、特にイライラっとする。あまりにも先方の感じが悪いときには、こちらも感じの悪い態度で応戦するんだけど、そういうことをしている状況に一番イライラさせられる。

どうしたらいいんだ？

いろんなことをあきらめていけば、もうイライラしないんだろうか。

ぞんざいな扱いを受けて当たり前。親切にされなくて当たり前。そんなふうに思っておけば、わたしは、心穏やかに暮らせるのだろうか。

ああ、イライラしないで生きるためのきっかけが欲しい。

本屋さんに行くと、イライラしない方法とか、ゆったり生きる方法が書かれてあるような本をなんとなく、ながめてしまうのだった。

母と温泉

初夏の心地よい季節。

故郷に暮らす母と、1泊2日の温泉旅行に出かけることにした。母は、年に何度かわたしとふたりで旅行するのをとっても楽しみにしているのだ。

旅の手配は、いつもわたしの担当だ。美味しいものを食べさせてあげたいなぁと思うから、ガイドブックを睨《にら》みつつ、料理に力がはいっていそうな宿探しである。

今回は奮発して、1泊2食つきで、ひとり3万円の宿に決めた。料理が評判ってガイドブックに書いてあったから。

しか〜し。行ってみれば、もう、びっくりするくらい料理が美味しくない。ホテルの温泉は清潔で気持ち良く、従業員の人たちもみんな丁寧だ。いいホテルでよかったなぁと喜んでいたのもつかの間、夕食のマズいことといったら……。

冷製の牛しゃぶはゴムみたいだし、豚の角煮はパッサパサ、魚の煮つけは甘すぎるし小骨ばかり。

ひどかったのは、タケノコ。食事の前、仲居さんに「何か食べられないものはありますか？」と聞かれたので、タケノコと答えた。わたしも母もタケノコを食べるとかぶれてしまうからだ。なのに、当たり前のようにタケノコの煮物が運ばれてきた。宿の予約の電話を入れたときに、「食事にタケノコは入れないでください」とお願いしていたにもかかわらずだ。

1泊3万円もする宿で、出てくる料理がおざなりだと思うと腹が立ってくる。思わず、途中で仲居さんに文句を言うわたし。

「あのぅ、料理、美味しくないですね」

すると、こんな答えが返ってきた。

「今度いらっしゃるときは、量より質のコースになさったらいかがですか？」

量より質のコース……。1泊3万円の宿で、誰が質より量を求めるのだ？

というか、質も量もしっかりせんかい!!

呆れていたら、しばらくして、「板長からお詫《わ》びの一品です」とナスの漬け物が届いた。そして、それが夕食の中で一番マズかったのだった。

母に美味しいものを食べさせてあげたいと思って選んだ宿なのに、失敗してしまった。がっかり。

「料理は美味しくなかったけど、楽しい旅行だったよ」

それでも、母はこう言って笑っていた。

大人の修学旅行

大人の修学旅行をしよう！

突然、こんな話が持ち上がり、大人8人（平均年齢40歳の男女）で出かけることになった。行き先は、サザンオールスターズの曲にも出てくる江の島である。わたしが幹事に名乗りをあげた。

さて、幹事、なにからはじめよう？

取りあえず「旅のしおり」を作ることにする。パソコンに向かい、スケジュールをあれこれ考えながら打ちこんでいく。

大事なのは集合時間だ。みんな夜更かし好きの大人ばかりなので、集合時間はお昼にした。泊まる旅館は、洞くつのお風呂があるという江の島の老舗《しにせ》旅館に決定。翌日は江の島の水族館に行って、その後は鎌倉を観光してから帰ろう！

幹事のわたしが勝手に決めても、まったく文句も出ない。学生時代のグループ旅行は、宿とか旅行代金とか、あれこれ意見が合わないこともあったものだが、大人の修学旅行は事後報告でＯＫ。「旅のしおり」の表紙も、わたしの独断で、我がマンガ『すーちゃん』のイラストである。

さて、旅行当日。

一同電車に乗って江の島へ。降っていた雨も午後にはやんでいた。

江の島には橋がかかっているので、船に乗らずとも、てくてく歩いてわたることができる。とっても気軽な島である。

お土産屋さんもたくさんあって、坂道をあがったり降りたりしながら、展望台で景色を見たり、海岸にある大きな洞くつを観光するのが一般的なコースになっている。わたしたちもそのコースをのんびり歩いた。

大人の修学旅行っていいなぁ。

身にしみる。みんなきままに、アイス最中や、ソフトクリームや、たこ焼きや、たこせんべいを途中で買い食いして歩いていた。目的地に到着しても、ひとりで海を眺めたければ眺めればいいし、休憩したければお茶でも飲んでいればいい。みんなと一緒に来ても、ひとりでいていい気楽さ。江の島に宿泊せずに日帰りする者もいれば、泊まるけど翌朝早くに帰る者もいた。ぜんぜん窮屈じゃない。一緒にいるけど、ひとりひとりの旅も楽しめる。

こんなふうに、老いていけるといいなぁ。こんな感じのままおじいさん、おばあさんになったら楽しいだろうなぁ。そんなことを考えながら、わたしは江の島の海を眺めていたのだった。

集中力

集中力が落ちてきた。などと、同年代の友人たちがよく口にするようになってきた。

だけどわたしは落ちてきていない。もともと集中力が乏しいからである。

子供の頃はともかく、わたしは大人になってもなかなか集中力が持続しない。今、すごく大事な打ち合わせをしているんだぞ！　って頭ではわかっていても、どんどん別のことを考えてしまい、後になって、「あれ？　結局どういう話したんだっけ？」とポカンとする。

つい先日、数人で仕事の打ち合わせをしていたときもそうだ。

誰かひとりの人の話が長くなってくると、わたしの集中力はいつも弱まってしまう。で、まったく違うことを考えてしまっていた。

今、この喫茶店に昔の彼氏が偶然入ってきて、わたしの姿を見つけ「もう一度やりなおさないか」ってみんなの前で告白したとしたら？

その昔の彼氏というのは、ものすごーくカッコいい男なのだけれど、もちろんそれもひっくるめてわたしの妄想である。

うっとりとこんなシーンを頭に思い浮かべていたわたしは、ハッとする。

「いけない、ちゃんと人の話を聞かなければ！」

現実にもどってきてみれば、目の前に座っている人の話がまだつづいていて一安心。

ああ、よかった、聞いてないの、バレてなかった。

その後は、手持ちの集中力をしぼりだし、なんとかマジメな顔を作って乗りきったのだった。

しかし、ぜんぜん乗りきれていなかったことが判明する。

打ち合わせの後、近しい人に、

「わたし、さっきのあの人の話、途中からぜんぜん聞いてなかった」

って言ったら、

「そうだろうなぁって思って見てました」

だって。

わたしの場合、もはや集中力より演技力が必要なのではないか？　そうなふうに思わなくもないのである。

隣の席

出かけた先でお茶でも飲もうと喫茶店に入る。外出するときはたいてい文庫本をカバンに入れておくので、ちょうどいい読書タイムである。

喫茶店に入ると、ゆっくり落ち着けそうな席を探す。本を読むには静かな席のほうがいいから。だけど、大声でおしゃべりしているグループがいたとしたら、その席の近くも、すごーく座ってみたくなる。

あんなに大きな声で、一体どんなことをしゃべっているのだろう？　とっても気になって、それで、わざわざうるさい席を選んで座ってしまうこともあるのだった。

つい最近も、平日の夕暮れどきに入った喫茶店で、一番やかましい女性ふたり組の隣の席に座ってみた。

ふたりとも若くてオシャレな女の子たちだ。テーブルの上には旅行のパンフレットがたくさん並べてあったので、どうやら旅行の相談のためにお茶をしているようである。

でも、ふたりともずーっと好きな男の人の話をしていて、なかなか旅行のパンフレットを開かない。店内に響き渡るような声で、ギャーギャー恋愛トークで盛上がっていた。

楽しそうだ。すごく楽しそうだからこそ、わたしはこの後に訪れるであろう沈黙が気の毒だった。

旅行というのは、いつもの遊びよりお金が多くからんでくるイベントだ。いくら仲良しの友達といえども、相手の希望ばかりが通ると面白くないもの。行き先や、泊まるホテルや、有給休暇の都合など、友達の希望をのんだり、自分の意見を通そうとがんばったり。楽しい旅の打ち合わせのために集合しても、なんだかぎくしゃくしてしまった、なんてこと、わたしもうんと若い頃に何度か経験したことだ。

思ったとおり、彼女たちは旅行の話になったとたん静かになった。ひとりは北海道の旭山動物園に行きたいようだけど、もうひとりは温泉と美味しい料理という旅が希望の様子。あからさまに相手の旅を否定するような発言はないものの、

「でも動物園は冬のほうがよくない？　ペンギンの行進見られるよ」

とか、

「わたし温泉って、去年、家族で行ったからなぁ」

などと譲らない。

さて、この子たち、どこに行くんだろう？

結局、どこか近場の温泉に決定していた。決まってよかったね。短編小説を読み終えたような気分で、喫茶店を後にしたのである。

原宿

新しくオープンする原宿のカフェで、わたしのマンガ『すーちゃん』の原画展をしてもらえることになった。場所は竹下通りの近くで、打ち合わせのためここのところよく出かけて行くのだが、それにしても竹下通りというのはにぎやかである。ぎゅうぎゅうに並べたレゴのブロックみたいに、色とりどりのお店がひしめきあっている。そこをたくさんの人が歩いたり、立ち止まったり。写真を撮っている外国の観光客も多い。

名物のクレープ屋さんの前では、若い女の子たちがいつも列をつくっている。「ね、何食べる？」。みんな期待に満ちた顔をしているのが、本当に本当にかわいらしい。

昔、クレープといえば、バナナといちごくらいのイメージだったけれど、原宿のクレープ屋さんのメニューをのぞいてみれば、かなりの種類があるようだ。

どんなクレープがあるんだろう？

わたしはクレープが大好きなので、いつも、ちょっと食べてみたいなと思う。でも、ここでひとりでクレープを立ち食いしている姿を友達に見られたら恥ずかしいぞ！

そう思って素通りするだけ。

しかし、わたし（39歳）の友達が、そうそう竹下通りを歩いていることもないわけで、逆に安全地帯といえば安全地帯なのだった。でも、まあ、念のため食べないでおこうと思う。

それに若者向けのクレープは、具材が激しそうだ。ショートケーキみたいなのが突き刺さっているクレープを食べている子がいたけれど、そこまで豪華でなくていいというか……。バナナに適量の生クリームが入ってる、そんなシンプルなクレープが結局は好きなのである。

今はもうないのだけれど、昔、東京の表参道にお気に入りのクレープ屋さんがあった。おじさんがひとりで作っていて、焼き立てのクレープの生地がしっとりやわらか

クレープ
じー
焼きすぎ
焼きすぎ！
パリパリなるで
ハラ
ハラ

い。

「今の若い子たちが好きなパリパリに焼いてるクレープは、クレープって言えないね」

おじさんは言っていた。わたしも断然、やわらかいクレープが好みだ。

あの子が食べているクレープは、やわらかいタイプかな？

若い子たちをチラチラ見ながら、竹下通りを歩く日々である。

財布

3年ほど前の誕生日に、母が財布を買ってくれた。ちょうど帰省しているときに、「欲しいものがあったら買ってあげる」などと言われ、年金暮らしの親にお金を使わせるのは気がひけたけど、買ってもらうことにした。離れて暮らしている娘に、母もなにかしてやりたかったのだろう。

せっかくだし高いものをリクエストしよう！（おいおい）。

というわけで、ブランド物の財布を買ってもらったのである。たしか3万円くらいしたんじゃないかと思う。ふたりでデパートに行って選んだのだけれど、わたしが喜んでいると母も嬉しそうだった。

その財布も、3年間使いちょっとすり減ってきた。角の皮の部分に2カ所、小さな穴があきかけていて、このまま使えば傷みがすすんでくるのは目に見えている。

ひょっとして、買ったブランドの店に行けば修理をしてくれるのではないか？　渋谷にもその店があったはずなので、行ってみることにした。

店に入ると、パリッとした店員さんたちが仰々しく出迎えてくれた。財布を修理までして使うなんて、セコいと思われそうだなぁ。などと急に見栄っぱりな気持ちが湧いてくる。勇気を出して財布の修理の要望を告げると、とっても愛想よく応対してくれた。だけど、見栄っぱりな心は消えていないので、ついついこんなことを口にしてしまったわたし。

「母からプレゼントされた大切な財布なので、修理してでも使いたくて」

店員さんは、「大切に修理させていただきます」と、てきぱきと書類を書き始めた。そして、わたしはギョッとしたのである。修理代の覧に「2万円以下」と記されていたからだ。

2万円以下ということは、2万円かかる可能性もあるわけで、2万円もするなら修理なんかしてもらわなくていいのである。だけど、「母からプレゼントされた大切な財布」などと言ってしまった手前、もう後戻りができない。ああ、余計なことを言わなきゃよかった！ 2万円もするならやめますって言いたかった〜。

だいたい、わたしはモノに対する思い入れが少ないタイプなのだ。いくら母から貰った財布でも、高い修理代を出してまで大切にするとかはピンとこない。思い出価格より、適正価格のほうが重要なのである。

後日、修理が出来上がってきた。修理代は1万円だった。少しホッとしたけど、またこの値段で修理するかどうかはビミョーなところである。

モテたい

長い髪の女性のほうがモテるに違いないと信じているわたしがいる。39年間のわたしの人生の大半は、だから長い髪なのである。たぶん小学生のときから、そんなふうに考えていたのではないか。小学生時代の写真を見ても、ほとんど髪を伸ばしている。風になびくさらさらのロングヘア。うつむいたときにハラリと顔にかかったり、その髪をそっとかきあげたり。

長い髪には、男性にモテる要素がたっぷり詰まっているに違いない！

そう思っているから、わたしは今現在ももちろん長い髪でいるのである。

しかし、別に髪が長いくらいでモテたりはしない、ということも知っているのである。世の中はそんな甘いものではないのだった。

いいなぁと思っていた男の人が、ショートカットの女の子と付き合いはじめたりすると、ああ、そうだ、髪の長さなど重要ではないんだとガックリする。喫茶店などで、ものすごーくカッコいい人の隣に座っているのがショートカットの女性だと、またガックリ。いきいきしているショートカットの女性に会うたびに、本当にステキだなぁとつい見入ってしまう。

じゃあ、もうさっぱり短くすればいいじゃないか。

と思わなくもない。

樋口可南子さんくらいのベリーショートにして、涼やかな首元で颯爽と歩いてみたいなぁと真剣に考えることもあるのである。

でも、やっぱり勇気がでない。もっとモテなくなってしまったら嫌だなぁと思うから……。

などと、モテたい、モテたいとよく口にしているせいか、

「益田さんの考える、モテるって一体どういう状況なんですか？　たくさんの人に告白されたいんですか？」

と質問（呆れながら）される。

そういうのともまた違うのだ。わたしのモテたいは、街を歩いているときにチラッと見られたいくらい。できれば二度見されるとすごく嬉しい。そんな感じのモテのために、わたしはなかなか髪を短くできないのだった。

わたしの台所

ついに、そのときがきたのである。

わたしはずーっと待っていたのであった。

何を？

ナチュラルな雑誌からの取材である。

ナチュラルに生きている人が、ナチュラルな部屋で、ナチュラルな服を来て、ナチュラルな表情でたたずんでいる姿を雑誌の中で見るたびに、ああ、これがわたしだったらどんなステキだろうと思っていたのである。

いつか、こういう雑誌にナチュラルな姿で登場してみたいものだ。そう思っていたわたしのもとに、ようやく、電話がかかってきたのである。

ミリさんの台所を見せていただけますか？

そうなのだ。ナチュラルな人は、お料理にもナチュラルな創意工夫をしていて、ハーブとか、手作りの梅干しとか、なんだかとても繊細な感じのものが並んでいるものなのだ（たぶん）。台所にさりげなくあるものも、籐のカゴとか、フランス風のふきんとか。南部鉄器とか、日本てぬぐいなどと渋い路線もまた、それはそれで素敵だったりする。

わたしも、そういうものを愛している人に見えるよう、ぜひとも雑誌に出たいと思っていたのだ。

しかし、ふと、自分の家の台所を見てみれば、なんということもない普通の台所なのだった。

使っている日本てぬぐいも、ほとんどがもらいもの。マツケンサンバの舞台を観に行ったとき、マツケンが客席に投げてくれたてぬぐいをゲットしたわたしは、なんの迷いものなく、すぐにそのマツケンてぬぐいを台所で使用している。こだわりのお茶もなければ、取り寄せている味噌もなく、食材はすべて近所のスーパーで入手できるものばかり。長年愛用している鍋ときたら、実家の母がどこかからもらってきた景品だし、唯一、オシャレ生活に憧れて買ったル・クルーゼの赤い鍋だけが、うちの台所で輝いている存在である。そして、その豪華一点主義が、かえって貧乏くささをかもし出している。

はたして、この台所で、わたしはナチュラル雑誌に登場してもよいのだろうか？

いや、よくないだろう。こんな風景を見て嬉しい人がどこにいようか。優秀なカメラマンがナチュラルなライトで撮影してくれたとしても、わたしのナチュラルなど、すぐにばけの皮がはがれるに決まっているのだ。
というわけで、すみやかに辞退したのであった。

大丈夫　何度も自分に声をかけ

乙女チック贅沢

女友達とふたりで、毎年恒例のリゾート旅行へでかける。

といっても国内（しかも箱根）なのだけれど、しかし、ロマンチックなものが大好きな友達だから、泊まる宿はいつもヨーロッパ調のところを探してきてくれる。いつだったかは、部屋に天蓋付きのベッドがあるホテルに泊まったこともあったっけなぁ。パソコンでホテルを検索するとき、「ヨーロッパ調」とか「お城」とか「乙女」というキーワードを入力しているに違いない。

今回のホテルは、まさにヨーロッパの正統派プチホテル風で、正面玄関には芝生の庭と噴水、中に入ればらせん階段、そしてキラめくシャンデリア。泊まる部屋には、花柄の壁紙が一面にはりめぐらされていた。乙女チック満載である。

わぁ、かわいいね！

友達はホテルに到着したとたん大喜びで、わたしもなんだか夢の国のようでワクワクしてきたのだが、現実の我らはもうすぐ40歳を迎える身……。

一体、いつまでこんな乙女な宿に泊まってよいものか?

などと周囲を見まわせば、わたしたちよりも年上の女性グループがちらほら。むしろ若い人たちは、こういうこってりしたところは選ばないのかもしれない。

外に温水プールがあると聞いていたので、張り切って水着を持参してきたわたしたち。最近、お腹のまわりに肉が……などと言いつつ、ふたりとも本気でバシャバシャ泳いでしまった。ねぇ、水中ウォーキングってカラダにいいらしいよ。やろう、やろう。ふたりでプールの端から端までを行ったり来たり。リゾートホテルというより、市民プールのような光景である。

夜の食事はフレンチのコース。オーベルジュの宿を選んだだけあって、なにもかも本当に美味しかった。オーベルジュというのは食事に力を入れている宿のことらしく、どうやら最近流行っているみたいである。出される料理ひとつひとつに手が込んでいて、一口食べても複雑すぎてなんの味かよくわからなかった(おいおい)。なのに、美味しいから不思議だった。

部屋にはテレビがなく、夜はずっとおしゃべりタイム。大阪と東京と離れている友だけれど、こうして年に一度会って贅沢《ぜいたく》する。いい贅沢だ。贅沢って、待ちに待ってするから輝くんだろうなって思う。

初冬のある日

H&Mなのだそうだ。

とても流行っているのだそうだ。

テレビで若い女の子たちの行列を観て、はじめてその存在を知ったのである。

H&Mとは、どこか北欧（忘れた）から新しく日本にやってきた洋服のブランド名である。センスがよくて、おまけに安いということで、今、話題になっているんだとか。銀座と原宿にお店ができて、連日、たくさんの人が押し掛けているとテレビで言っていた。

というわけで、たまたま銀座で打ち合わせがあったので、帰りにH&Mに寄ってみたわたしである。

いや、実のところ、打ち合わせよりもH&Mのほうが気になって、「あ〜、早くH&Mに行ってみたい！」

と打ち合わせ中もずーっと思っていた。だから、打ち合わせが終わったらすぐに自分のコートを膝《ひざ》の上にのせて、「わたし、急いでますよ〜」という演出をしたのだけれど、大人という生き物は、打ち合わせ後に多少の世間話をする習性がある。別に世間話が嫌というわけではないのだけれど、世間話とH&Mでは、今はH&Mのほうが断然、魅力的。失礼にならないギリギリの量の世間話をしてから、早歩きでH&Mに向かったのであった。

H&Mは、テレビで観たようにものすごく混んでいた。みなが洋服を奪い合っている。

噂どおり、センスのいいものが安かった。コム・デ・ギャルソンとのコラボレーションの服もあり、コム・デ・ギャルソンでは絶対に買えないような価格設定だったのでかなりお得である。なんだかよくわからずに入店してきたおばちゃんたちが、コム・デ・ギャルソン（コラボ）の水玉カーディガンなんかを手に取ったりしていた。結構、似合うんじゃないかと思った。

そういうわたしは、慌てすぎてお金を下ろすのを忘れて財布の中には２０００円ぽっち。さすがにそれでは買い物もできず、かといって銀行にお金を下ろしに行くのも面倒で、結局、手ぶらでH&Mを後にしたのだった。

わたし、なにやってんだろう？

と思った初冬の一日であった。

くしゃくしゃっの謎

髪型がキマッている人を見ると、一体、どうやってセットしているんだろう？　とものすごく気になる。

ふわふわっと優しげにふくらんでいるヘアスタイルの女の子たちを見るたびに、どんなヘアケア商品を使っているのか教えて欲しい！　と真剣に思う。

美しい歩き方レッスンや、メイクレッスンなどは、カルチャースクールのパンフレットでもよく見かけるけれど、きれいな髪型にセットするレッスンというのは、まだ見たことがない。あるのならぜひ通ってみたいわたしである。

いつも後ろにひとつに結んでいる自分の髪型にも飽きてきた。肩の上でふわふわ揺れるような髪型にするにはパーマがてっとり早いのだろうが、わたしはパーマ液にかぶれることが多く、できればパーマに頼りたくない。ドラッグストアに売っているヘアケア商品で、なんとか素敵な髪型にしたいわけである。

でも、わからない。

お店にズラ〜っと並んでいるヘアスプレーやヘアクリーム、ヘアフォームを前にすると、何を買っていいのかわからない。商品をひとつひとつ手に取り使い方をよく読んだところで、自分に使いこなせる気がしないのである。今まで、そう思いつつどれだけの商品を買ってきたことか。

などと、考えながらドラッグストアの中をさまよっていたところ、女子大生風のふたりの女の子たちがやってきた。どちらも、ふわふわっとふくらんだ憧れの髪型である。

あんなふうにしたいんだよな〜と思って見ていたら、彼女たちもヘアケア商品を買いに来た様子で、わたしのほうに急接近してきた。

よし。この子たちと同じものを買おう。

それとなく、ふたりの会話に聞き耳をたてる。

「あ、これが欲しかったんだよね」

ひとりの女の子が商品を手に取った。それは、「カエラちゃんが使ってるやつ」だそうで、髪にくしゃくしゃっと付ければいいだけだそうだ。わたしは彼女たちの背後から手を伸ばし、その商品をつかんで早速レジに向かった。家に帰って試してみたけれど、くしゃくしゃっとする、「くしゃくしゃ」の度合いがよくわからず、結局、今も髪をひとつに結んでいるだけである。

トレンド

ああ、そうだったのか！！

と、思ったのだった。わたしはやっとわかったのである。

一体、ナニが？

まゆ毛である。

わたしは、ずっと前髪がおでこにかかるようなヘアスタイルだったのだけれど、最近、それをやめて前髪を横に流す感じにしている。だから、いつもは隠れていたおでこが見えるようになってきたのである。

そして、とあるパーティに出かけたときのこと。

久しぶりに会った知り合いに、

「なに、どうしたの？　太いまゆ毛して」

と肩を叩かれたのである。

ああ、そうだったのか!!

わたしのまゆ毛って、今の時代には太すぎるのか。

パーティ会場にいる周囲の女性達を見回せば、わたしみたいに黒々と立派なまゆ毛の人などひとりもいなかった。

それもそのはず、数カ月前に、まゆ毛を描くペンシルがなくなって、家の中を探していたところ、15年くらい前に母にもらった真っ黒のまゆ毛パウダー（っていうのかな？）を発見し、わたしはそれを使いつづけていたのである。

ちょっと濃くないか？

最初は思ったのだけれど、毎日使っていると感覚が麻痺してきて、ま、こんなもんだろうとどんどんエスカレートしたのだろう。まゆ毛が前髪で隠れていた頃はともかく、おでこが見えるようなヘアスタイルになった今、わたしのまゆ毛はとんでもないことになっていたのである（たぶん）。

パーティの帰り道、駅前のドラッグストアに寄り、まゆ毛ペンシルを物色する。よくわからないので、「今、売れてます！」という紙が貼ってある有名ブランドのペンシルを購入。そして、家に帰って化粧を落とし、女性誌のメイクのページを睨みつつ、まゆ毛メイクのひとりレッスンである。

結構、みんな細いまゆ毛なんだなぁ。毛抜きを出してきてビシビシと抜いていくと、どことなく自分の顔がすっきりしてきたような気になる。友達の何気ない言葉に傷つくこともあるけれど、助けられることもあるのだった。

「本当の別れ」

お正月は思う存分読書をしよう！

と決めていた。決めないと、ついダラダラと仕事をしてしまいそうなので、12月の中旬くらいから、冬眠する森の動物のようにせっせとお正月用の本を集めていたのである。

そして、大晦日《おおみそか》。実家の大阪に帰るわたしは、さぁ、明日から読書三昧だと、新幹線の座席についた。いや、すぐにでも読みはじめようと、単行本を1冊、膝の上にのせ列車が動き出すのを待ちかまえていたときのことである。

ホームでは、ひと組の家族が別れを惜しむように話していた。若い父親と母親、そして10歳くらいの女の子2人とおばあちゃんらしき人。あれこれ挨拶をかわした後、新幹線に乗り込んできたのは、父親と母親と女の子ひとり。ホームには、おばあちゃんと、もうひとりの女の子が残っていた。姉妹ではなく、従姉妹同士かなにかなのだろう。彼女たちは、互いに手を振り合って、「またね、また遊びに行くからね」とガラス越しに言い合っていた。最初は2人とも笑っていたが、気が付くとホームにいたほうの女の子がメソメソと泣き出してしまった。それに気づいた新幹線の女の子ももらい泣きしてしまい、どんどん激しく泣き出してしまった。しゃくりあげるような、悲しく切ない泣き方である。

一生会えなくなるわけでもなかろうに。

そう思って彼女たちを見ていたのだけれど、次第にわたしの心も溢《あふ》れ出し、涙が込み上げてきてしまったのである。

子供たちにとっては、新幹線に乗るキョリは途方もなく遠いものなのだった。

そして、大人は次に会ったときも大人だけれど、子供同士はそうもいかず、毎日毎日子供から遠のいている。今度会うときには、今日とは違う背丈、違う顔つきになっているかもしれないのである。

彼女たちがそういうことを理解しているわけではないと思うけど、だけど、心の深くではちゃんとわかっていて、小さな別れも「本当の別れ」のように悲しいのではないかと思った。

新幹線が発車して、ホームが見えなくなってからも女の子は激しく泣き続け、お母さんが優しく背中をさすってあげていた。でも、10分もすると、もう笑顔でお弁当を食べていた。それを確認してから、わたしは膝の上にあった本を読み始めたのだった。

何回も優しくされて大人になれ

年金

年金を払っている。年金をがんばって払おうと決めてから、パチンコにどんどん興味がなくなってきて、今ではやっても年に1〜2回。最近はどんな機種が流行っているのかな〜という偵察程度である。年金とギャンブルを同じグループにするのもナンだけど、なんだかわたしの中では「友達」のような気分になるのだった……。

年金は、できるだけ最寄りの社会保険事務所で支払うよう心掛けていた。その場でお金を払い、確認の判子をもらって、その証拠を自分で作った年金ノートに貼り付けていく。うん、よし、払ったことがよくわかる。安心する。いろんな「事件」が発覚する前からやっていたので、お金を払うときは自分の気が済むようにしつこくやるのが大切だと改めて思ったのだった。

とはいうものの、年金をきちんと払おうと思うあまり、一度支払った月の年金を二重に支払ってしまったこともある。支払いが遅れることも往々にしてあるので、時々

「払ってください」というお知らせが届くのだけれど、払った後に入れ違いで再びハガキがきてウッカリ払ってしまったのである。そのときは郵便局で支払ったから、二重に払っていることに気がつかなかったのだった。

しばらくして、社会保険事務所から払いすぎているという通知がきた。このまま手続きをしないで2年経過すると、そのお金は没収されてしまうということをはじめて知り、気をつけなければ！　と心に誓う。手続きは書類に記入して投函するだけで済むのだけれど、心配性のわたしは自転車で社会保険事務所まで行って「払いすぎたお金、いつ帰ってきます？」などと確認。最近の社会保険事務所は何を質問しても優しくて親切だ。

せっかく来たから、未納の年金も払って帰るとするか。窓口の人に言うと、もうここでは支払いはできないと言われた。「えっ？　わたし、ずっとそうしてきたんですよ、その場で判子もらうと安心なんで」「でも、やらなくなったんです」。どうしてですか？　と聞いても先方はモゾモゾするばかり。そして、「あっ」と思う。「ひょっとして、年金のネコババ事件があったから？」と言ってみたら、「まぁ、そうです」と苦笑していた。

大人って

40歳になった。本当に、完全に、大人のエリアに足を踏み入れたような気分だった。

それなのに、わたしは、わたしを思い通りにはできないのである。思春期の頃と同じように、ぐらぐらしている。自分の好きに、自分を動かせない。

心の中では、

「こう考えたほうが、絶対いいよ」

ってアドバイスできるのだけれど、なぜかそんな自分のアドバイスが気にくわないのだ。

不思議なのだった。

なんで「自分」くらい自由にできないのだろう？

わたしは、ずっとずっと憧れているのだ。いつでも大らかにワッハッハと笑っているような自分の姿に。なりたいのだ。わたしはそんな人間になりたいのだった。そういう自分に隅々まで変身して、心穏やかに生きたいと思うのだ。

「あの人って、本当に心が広くてステキな人だよ〜」

などと、わたしがいないところで、みんなが誉めてくれるような人になりたいのである。

でも、でも、「変わるもんかよ、変わってたまるか」と思う自分が消せないのだ。理想の「自分」に対して挑みたくなる。

わたしは人を嫌いになると、嫌いが胸の中いっぱいになってしまう。そして、嫌いになった人は嫌いなままでしかなく、許すとか、許さないとかそういう次元を越えて、ひたすら嫌いなのだった。嫌いなまま忘れて暮らしていて、ときどきなにかの拍子に、ああ嫌いでけっこうだ、ワッハッハと確認する。嫌いな人が好物と言っていた食べ物を嫌いになったりするし、自分が嫌いな人と仲がいい人も、それだけで少し嫌いなのだった。

こんなのは、わたしの理想の自分じゃな〜い。もっと大らかに、大らかに！

わたしは、わたし自身にアドバイスする。

だけど、大らかに変わってしまうのも惜しいのだ。こういう激しい自分の感情もまた、どこかで手放したくないと思っているのだった。40歳だけど、大人なんだけど、わたしは思春期のまんま。幼い大人のまま、この先も年齢だけが増えていくのかもしれない。

好きなこと、嫌いなこと

友達の子供の写真入り年賀状が好きなのだった。

年賀状に印刷するくらいだから、おそらく自慢の一枚なはずで、それがさほど片付いていない部屋の中で撮られているような写真であればあるほど、

「どうしてもこの表情がよかったんだなぁ」

と微笑《ほほえ》ましい。

子供だけでなく、家族全員の写真が印刷されているものもたまにあるけれど、この場合は、夫や子供の表情より、自分がきれいに写っていることに重きを置いている我が友に笑えてきたりするわけである。

中学、高校時代に仲良しだった友達の子供は、特にかわいらしく感じる。年賀状の小さな写真から友と似ているところを探したりするのは結構、楽しい。

ものすごく久しぶりな友達と電話で喋っていたときに、彼女の幼稚園の娘が電話口に出たことがあった。

「もしもし」

って言われて、ああ、年賀状のあの子だと思うと、なんだかもう愛おしくて泣けてきたほどである。

わたしは子供が好きなので、というか、いつまでたっても「大人は敵だ」みたいに思ってしまうところがあり、子供に冷たい人を見かけると本当にムカっとくる。

以前、新宿のデパ地下で買い物をしていたとき、お母さんと、6〜7歳くらいの娘さんを見かけた。お母さんはひどく急いでいるようで、イラついているのが猛スピードの歩き方からも見てとれた。女の子はその後を必死に追っていた。だけど、小さなからだで人ごみの中をうまく歩けるわけもない。

「早く早く！　どうしていつもそうなの！」

なのに、お母さんは振り向いて大きな声で叱っていた。女の子が慌てて走って行き、

持っていたカーディガンを落とすと、また大声で叱っていた。さらに、急がせようと女の子の腕を乱暴にひっぱったので、

「痛い、骨が折れちゃうよ」

女の子は泣きそうな声になった。

「うるさいっ、折れればいいでしょ」

お母さんはこう言い放ち、またスタスタと歩いて行った。新宿伊勢丹から、自分を家まで連れて帰ってくれるのはお母さんだけ。だから、女の子はいくら八つ当たりされても必死で後を追うのだった。

あのね、本当に骨が折れればいいなんて思ってるんじゃないからね、お母さんはイライラしているだけだからね。

追い掛けていってあの子に言いたかった。でも、わたしは無力だった。

年賀状の子供の写真は、みなどれも幸せそうである。あの女の子の家の年賀状はどんなだろう？　春先になってお年玉付き年賀ハガキの当選を確かめつつ、そんなことを思ったのだった。

ものすごく慌ただしい日々なのだった。

ジャスフォー祭り

ジャスフォー祭りがあるからである。

会社員時代の同僚とは、今も年に一〜二度ふたりで旅行をする仲なのだけれど、互いに40歳を迎えるにあたり、

「40歳になったら、リッチな旅行をしよう！」

と、約束していたのである。

そして、年が明け、ふたりとも晴れて40歳に。

ジャスフォー祭りは、ジャスト40歳になったお祝いの旅行のことなのだった。

さてさて、どんな旅行にしようか？

とにかく、なんにもしないでゆっくりしよう、ということだけは前々からふたりで決めていた。場所は国内。彼女は大阪、わたしは東京に住んでいるので、共に行きや

すいところで、観光などはせずにホテルでのんびりするんだから、やっぱりきれいなホテルというのが重要。あとは、エステサロンがあって、プールもあって、料理が美味しくて、やっぱり窓からは海も見えたほうがいいのではないか？

そんなことをメールでやりとりし、やっとホテルも決まった。彼女とのふたり旅は、いつも1泊か2泊なのだけれど、ジャスフォー祭りなんだから、今回はどーんと3泊だ。

3泊4日のリゾートホテル。4日間休むということで、もちろん仕事はどんどん前倒しである。それに加えて、ホテルで食べるための「おやつ」探しもしなければならない。

せっかくだから、デパートで美味しいおやつをたくさん買って持って行こう！

変わった紅茶なんかも買いに行こう！

ついでに、新しい服も買っちゃう？

などと、計画しはじめると、1時間で済んだ仕事の打ち合わせの帰りに、デパートで3時間ちかく買い物をしているという日々。わたしの心は、もう、ジャスフォー祭りに奪われているのである。

早めにやっておかなくちゃいけない仕事もあるのに、大丈夫なのか？　夜、布団に入る頃になって、急にあせってしまう。そして、あせりつつも、

「あ、三越にマカロン買いに行こう」

などとひらめいたりして、眠りにつくのだった。

旅の始まり

40歳の記念に豪華なリゾート旅行をしよう！

女友達とふたり、前々から約束していたことがようやく実現した。

行き先は高知県。彼女は大阪、わたしは東京から。高知空港で待ち合わせだなんて、大人っぽくていいよね〜と、盛上がる。

旅の手段が飛行機というのは、心が浮き立つ。空港のガヤガヤした雰囲気も好きなので、早めに羽田空港に行き、お土産屋さんなどを見て回ったり、ご飯を食べたりして、旅の前からすでに旅気分である。

飛行機に乗ってからも、完全に舞い上がってしまっているわたし。普段、出張などないわけで、飛行機に乗るということが大イベントなのである。

離陸する前から新聞や機内誌を読み、離陸してからは備え付けのヘッドホンで、機内専用の音楽を聴くのも楽しみのひとつだ。

機内誌の音楽プログラムを、ざざーっと見る。なにか聴きたい曲があるかな～。あるある、ユニコーンの『WAO!』。邦楽のチャンネルに合わせると、『WAO!』は終わったばかりだった……。それでも、しばらくして、ファンキーモンキーベイビーズというグループの『桜』が始まると、「あっ、これ、なんか、聴いたことある!」とテンションが上がってきた。足でリズムを取りながら、歌っているのは、どんな人たちなんだろう?　と想像する。

しばらくして、レミオロメン特集というのをやっているチャンネルに変えてみた。『粉雪』という曲は知っている。聴いてみたいな～と思ったのだけれど、チャンネルを変えた瞬間、すでに、「こな～ゆき～」というさびの部分だった、残念……。それからも、あっちのチャンネル、こっちのチャンネルと変えつづけ、一番聴きたかったエレファントカシマシの『絆』は全部聴けたのでホッとする。

周囲を見回しても、わたしほど機内音楽を堪能している人はいなかった。不思議だ。なんでみんな聴かないいんだろう？　人がセレクトした音楽も面白いものである。着陸体勢というときに流れてきたのは、尾崎紀世彦の『また逢う日まで』。これから旅が始まるのに別れの曲というのもなんだけど、いい曲だなぁ〜と聞き入ってしまった。

高知空港では、先に到着していた友が出口で手を振っていた。ふたり合わせて80歳なんだな。足す必要はないのだけれど、なんとなく、そう思ったのだった。

プールでプカプカ、食べ物話

互いに、ジャスト40歳になった女友達とのお祝い旅行。宿泊先は、高知県の室戸岬にあるリゾートホテルだ。

そこは、海洋深層水のプールが「売り」のようなので、到着したら、すぐに水着に着替えてプールに直行。体温と同じくらいの温水だから、冷えないし、のぼせない。

気持ちよくて、滞在中は、ほとんどプールでプカプカ浮かんでいた。

　そして、なぜか、食べ物の話ばかりしていたわたしたちである。

友達「ね、好きな食べ物ベストテンだったら、何が入ってる？」
わたし「コロッケとカレーは外せないな」
友達「わたしは、親子丼は絶対、上位。1位かも」
わたし「親子丼は入れないかなぁ、でも天丼だったら考える」
友達「わたし、たこやきも入る」
わたし「たこやき？　どっちかっていうと、わたしは焼そばかも」

　ホテルのレストランで食事をしているときも、気がつくと食べ物の話題。

「好きなデザートベストテン」というのも、かなり真剣に語り合った。しかも、各自、やっとデザートベストテンが決まっても、翌日になると、

「ごめん、ワッフルやめて、やっぱ、おはぎ入れる」

などと、訂正しあったり。

ちなみに、好きな食べ物は、友と意見が食い違ったけれど、デザートの1位は、ふたりともイチゴのショートケーキだった。

そんなこんなで、3泊4日の旅は終わった。ホテル内でエステも2回やり、交通費をプラスすれば、総額13万円ほど。なんとも贅沢な旅である。

だけど、心底、リラックスできた。プールに浮かんで、食べ物の話。脳ミソを休めた〜という感じ。

「こういうことに、お金を使ってもいいっていう友達がいてくれてよかった」

って友達が言ったとき、わたしも、そうだなぁと思った。観光もしない旅に、たくさんのお金を使ってしまったこと。でも、それも、たまにはよかろう?

またいつか、来ようよ。毎月、1万円ずつ貯金すれば、来年、来られるんじゃない？　うん、そうだ、そうしよう。来年だ、来年だ。高知空港で、お土産を選びながら誓いあう。

40歳のわたしたちが誓いあった、もうひとつのこと。

「若すぎる服を着ているときは、注意しあおうね」

成長のスピード

幼稚園に通っていたときのわたしは、ときどき、みんなと同じことができなかった。カレンダーにシールを貼る機会があったとき、わたしだけが、どこまでシールを貼ればいいのかわからなかった。「31の数字のところまで、ずーっと貼ればいいんだよ」。みんなに教えられても、わたしには、31番目のマス目がわからなかった。失敗するのが怖くて、一枚シールを貼るたびに「次も貼るの？」と確認しながらじゃないと不安。最初は「まだ貼っていいよ」と、親切にしてくれていた友達もついには怒り出し、わたしが泣くと、先生がきて、さらに怒られた。

「できないんだったら、やるって言わないの」

まだ、たったの6歳である。なにができないのかさえ、わからないのだ。

小学校にあがってからも、友達とは楽しく遊べるのに、授業になるとついていけない。先生の言葉を聞き漏らすから、ノートには間違ったことばかり書いてしまう。

だけど、1年生のときの先生も、2年生のときの先生も、のんびりした人たちだった。

よく誉めてくれた。がんばりやさんだね、とか、妹思いのお姉ちゃんだね、とか。この2年間で、わたしはゆっくりゆっくり成長したのだと思う。貴重なのんびりタイムだ。そして、みんなのしていることに、なんとなくついていけるようになったのだった。

たしか、3年か4年生のとき。人生初の「テスト」があった。漢字の10問テストとかじゃなく、しっかりした国語の文法のテストだ。突然だったから、みんな「えーっ」などと言いながらも、はじめてのテストにワクワク！

翌日、テストの結果が返ってきた。全体的に点数が低くて、先生はがっかりしていた。だけど、99点を取った子がひとりいて、それは、なんと、わたしだった。先生は首をかしげていた。わたしもかしげていた。子供の成長のスピードはいろいろ。先生は子供の力って、面白いなぁと思う。街で新1年生たちを見かけると、「ゆっくりね」って応援したくなる。

学校帰り
楽しそうな
子供たちを見ると
「ゆっくり大人に
なりなさい」
って思う

母の日の昼下がり

本屋さんに行くと、自分の本があるかどうか確かめずにはいられない。

その日も、わたしは買い物帰りに本屋さんに立ち寄り、真っ先に自分の本を探した。

「あった！」。新刊を発見してウキウキしているときに、さらにうれしいできごとが。

ふたり組の若い女性のうちのひとりが、わたしの本を手に取って、こう言ってくれたのである。

「あ、この本、読んでみたいと思ってたんだ、面白そう」

なんという嬉しいセリフでしょう？

女性は、わたしの本をパラパラとめくって、ふふふ、と笑ってくれていた。笑ってもらえるところがあって、本当によかった。

わたしは、柱の陰から、しばらくその人のことを見ていた。というか、見張っていたのだけれど、女性はわたしの本をもとあった場所に戻して、別のコーナーに行ってしまったのだった……。

ああ、買ってはいただけなかった。しかし、そういうこともあるだろう。わたしだって、手にした本すべてを買うわけではないのである。

ふと、あるアイデアが浮かんだ。

さっきの人に、本をプレゼントしよう！

そうだ、そうしよう。女性が立ち読みしてくれていたのは、新装した『お母さんという女』という本で、その日はちょうど「母の日」だった。

あの子も、きっと今日家に帰ったら、お母さんに何かプレゼントするに違いない。そのときに、わたしの本を一緒に添えてもらえればいいなあ。

わたしは、自分の本を2冊手にしてレジに向かった。お友達もご一緒だったし、1冊はお友達のぶんである。

レジで自分の本を購入し、急いでさっきの女性のところに行って、背後から声をかけた。

「あの、益田ミリって言います」「は？」「あの、えっと、さっき立ち読みされてた『お母さんという女』という本の作者なんです」「ええ？」「それで、立ち読みしてもらって嬉しかったし、今日は母の日なのでプレゼントします」

わたしは、自分がしゃべっているうちにどんどん緊張してきて、すっかり支離滅裂になってしまっていた。そして、変なテンションのまま、女性に本を手渡した。よく見ると、友達同士と思っていた女性たちは、親子のようだった。なんと、若々しくきれいなお母さんなのだろう。

強引に本をプレゼントし、あたふたと逃げていくわたしに、女性は「これからもがんばってください」と言ってくれた。「はあ、あの、がんばります」。かろうじて返事をして本屋さんを出た後、わたしは、自力で歩いたであろう200メートルほどの記憶が飛んでいる。そこまで緊張するなら、やんなきゃいいのにね……。

そんな、母の日の昼下がりだった。

約束

その人は、マスクをして待ち合わせ場所にやって来たのだった。

ゴホゴホと咳き込んでいたので、わたしは聞いた。

「大丈夫ですか？」

その人は、ハイ、大丈夫です、ちょっと風邪で、と言いつつ、またゴホゴホゴホ。

あのぅ、わたしの言う「大丈夫」は、わたしにうつらないか「大丈夫？」の「大丈夫」なんですけど……。

並んで歩きながら、この後はどうなるんだろう？　と思いをめぐらせた。ランチを食べつつお仕事の話をすることになっているんだけど、そのマスク、外さないと食べられませんよね？

ふたりで洋食レストランに入った。４人掛けのテーブルだったので、わたしは、その人と対角の席についた。予防策として、真正面にだけは座らないようにしよう！と思ったのだが、その人はマスクを外して、わたしの真正面に座り直したのだった。

ふたりでシェアするコース料理がおいしそうだったけれど、いくらなんでも、風邪の人と料理のシェアは絶対によしたほうがいい。そう思っていたら、

「コース料理がおいしそうだけど、わたし、風邪ひいてるからやめたほうがいいですよね」

と、その人は、言ってくれたのである。

それなのに、わたしは急に肝っ玉の大きいところを見せたくなり、

「いやぁ、別に平気じゃないですかね〜」

などと言ってしまったのである！　こうして、コース料理に決定する。

食事の間中、わたしは気もそぞろだった。その人の咳は、確実にわたしのお皿のほうに飛んできていたのだから。食べたくないなぁ、でも、食べないと悪いし、でも、食べると風邪、うつりそうだし。もんもんとしつつ、結局、全部食べたわたし。律儀なような、単なるアホなような。

家に帰ってから、念入りにうがいをすればなんとかなるだろうと思っていたのだけれど、残念ながら、翌朝、わたしにもゴホゴホと咳がではじめた。

あの時、一体、どうすればよかったのだ？

布団の中で考えた。「風邪がうつると困るので、今日はやめませんか？」って、会った瞬間に言えばよかったのか？　わざわざ、うちの最寄り駅まで来てくれている人に向かって？　わからない。そして、こうも思う。風邪をひいたので日程を変更して欲しい、と連絡しづらいほど、わたしは怖い相手なのだろうか。

反省しつつ、電話をかけた。翌日と、翌々日に会う予定だった別のふたりのお仕事の人に。「体調をくずしたので、日程を変えてください」とお願いするためである。約束をキャンセルする電話は、思いのほか勇気がいるものだった。申し訳ない気持ちでいっぱいだ。そして、無理してでも約束を守ろうと考える人の心のうちも、よーくわかったのである。

得より損

携帯電話の料金を支払うために、自転車に乗って、直接、お店に向かう。若い男性の店員さんが応対してくれた。

お金を払った後、彼は言った。

「お時間があったら、月々のプランの見直しをさせていただきます」

わたしには時間があったので、ああ、そうですか、とお願いしたところ、今のプランでも損じゃないけれど、もうひとつ別のプランでもいいと言う。

わたしは聞いた。

「今のプランでも損じゃないんですか？」

「はい、損じゃないです」

「じゃあ、今のプランのままでいいです」

「でも、別のプランのほうが、少しお得になりますよ」

むむむ、今のプランは損じゃないけど、別のプランはお得？

日本語って難しい。わたしはどちらを選べばいいのだ？

しかし、よくよく聞いていると、今月の支払いはいつもより少し金額が高いから、別のプランのほうがお得なのだけれど、過去の通話記録と比較すると、プランを変えないほうが損をしないのである。

得をするより、損をしないほうがいい。

わたしはいつもそう思う。だから、今のままのプランでいいと言うと、男性は「ふーん」というシラけた顔。お礼を言って帰ろうとすると、

「ちょっと待ってください」

と、一枚のチラシを見せられた。

「今、こちらに登録していただくと、抽選で現金10万円が当るんです」

プラン変更のテーマは終わり、今度は「登録」の話になっていた。わたしは即答で断った。だって、登録とか、面倒くさいから。

「えっ⁉ でも、このアドレスに登録するだけで、10万円が当るかもしれないんですよ⁉」

男性は言うけれど、登録をすると、毎月、携帯電話のお得な情報がメールで届くことになる。わたしは、もう一度、丁寧に断った。

「現金10万円も、お得な情報もいらないんですか？」

男性はびっくりして言う。

10万円は欲しいけれど、当らない確率を考えると、お得な情報が、毎月、届かないほうがわたしはいいのである。だって、その情報、読まないのわかってるから。読まない情報が届くのが嫌なのである。

にこやかにお断りして席を立つわたしに、男性はあきらかに「はぁ？」という顔をしていた。せっかく説明してあげたのに！ 10万円が当るかもしれないのに！ って腹を立てていたのかもしれない。

店を出て、自転車に乗る。初夏のさわやかな夕暮れ。わたしは風に吹かれながら、お得な情報い〜ら〜な〜い〜と心の中で歌いながら、本を読むためにいつもの喫茶店に向かったのだった。

断りたくはないのである

いろんなお仕事の話をいただく機会がある。

あるときは、どこかの滝に打たれに行ってマンガを書いてくださいとお声がかかる。またあるときは、お腹の脂肪に効くマッサージを受けて文章を書いてくださいという企画。他にも、断食道場の取材や、日帰りでお散歩や、お見合いパーティ潜入や、神社で祈願してくださいとか、UVカットの帽子を試着してコメントくださいとか、イルカとたわむれてくださいとか。おもしろい依頼がめじろ押しだ。

その中から、引き受けたり、引き受けなかったりする。

引き受けない理由はいろいろあるけれど、理由がない場合もある。やりたくないと思った自分の直感。

引き受けないとき、わたしは、できるだけ丁寧にお断りするようにしているのだけれど、しかし、断ると、たいていの人からは、プッツリ、返事のメールがない。そうだなぁ、7割はそれっきり。

わたしだったら「また、何かのときにはよろしくお願いします」とか、心で思ってなくても、一応、返信くらいするだろう。一方的に依頼して、断られたらそれっきり。そういうのは失礼かな〜と思うから。

しかし、考えてみれば、相手は「わたし」ではないのである。「わたしだったら」と思ってみても仕方がないのだった。

まだ、わたしが20代の頃。誰かからの紹介でイラストの仕事をくれた人がいた。仕事がほとんどなかったときだったから、とっても嬉しかった。しばらくして、また同じ人から電話があったので、前回がんばったから、再び仕事をくれるのかなと思ったら、別件だった。使ったことのない商品を「わたしのおすすめです！」と雑誌で紹介してって頼まれたのである。

わたしは断った。やりたくなかったから。断ると、その人は怒って電話を切った。

二度と仕事はもらえなかった。

人に嫌われたくないなら、結局、頼まれたことを断らないのが無難なのだ。わたしも、わざわざ人に嫌われたくないなぁと思うから、断りたくはないのである。

だけど、だからと言って全部に応えていると、引き裂かれてしまうのだ。

なにが？

わたしの精神が、である。

よくよく考えてみたら、「あの仕事、引き受けておけばよかった」と後悔したことって、今まででほとんどない気がする。いや、ない、と思う。ないのである。

ミキリンの刺激

家の近所にはたくさんスーパーがある。多少の距離の差はもちろんあるけれど、6店舗《てんぽ》くらいある。わたしはその中の、一番高級なスーパーを利用することが多い。

ミキリンに会えるからだ。

ミキリンというのは、人物ではない。「見切り品」のことである。

その高級スーパーは、一日に何度か、野菜の見切り品のワゴンが出る。いわば、賞味期限が近づいている値下げ商品だ。

ワゴンには、いろんな野菜が入っている。どれも定価の3分の1ほどの価格になっていて、「本日中にお召しあがりください」というシールが貼られてある。

高級じゃないスーパーにも見切り品のコーナーはあるのだけれど、普通のスーパーの見切り品の野菜は、クタ〜っとしていて元気がない。

しかし、高級スーパーの見切り野菜は、まだまだ元気いっぱい。

「これのどこが見切り品？」

ってびっくりするくらいきれい。限界が高めに設定されてあるのだった。

というわけで、わたしは高級スーパーの見切り品を買うのを軽い日課にしていて、勝手に、ミキリンとあだ名をつけている。

高級スーパーのミキリンは、なんとなく普段の野菜とグループが違うことも多い。イタリアンパセリとか、ルッコラとか、チコリとか、マッシュルームとか。めったに買うことのない高額野菜が値引きになっている。

わたしは、ミキリンのワゴンをじーっと眺め、この野菜、どう料理に使おうか？と考えつつカゴに入れる。刺激的な瞬間である。

刺激といえば、去年、ミキリンのワゴンで「松茸」に出会った。国産の松茸3本セット。定価は2500円なのだけれど、ミキリンのワゴンに入れば500円である。

わたしは、生まれてはじめて国産松茸というものを購入し、本を見ながら、松茸ご飯と、松茸の土瓶蒸しを作って食べた。

見切り品のワゴンで、見切り品の野菜を選んでいるとき、ちょっとだけ恥ずかしい。この気持ちのことを、わたしはいつも考える。

古くなった野菜を買っている姿を、知り合いに見られたら恥ずかしいなと思う心。でも、見られても、別に平気だと思う、もうひとつの心。

わたしはお金持ちではないけれど、生活に困っていない。だから、ミキリンを買っている姿を知り合いに見られてもかまわないのだろう。本当に困っていたら、わたしは、ミキリンを、きっと、買えない。少なくとも、ゆっくり選ぶという行為はできないと思う。

こういう心を覗《のぞ》き見するとき、わたしは自分のことを少しだけ嫌いな気がするのだった。

宇宙と人間

46年ぶりの日食ということで、わたしは鹿児島に向かったのだった。

でも別に、皆既日食が見られるような離島を目指したわけではなく、ただ鹿児島に行っただけ。それでも、東京なら75パーセントくらいしか太陽が欠けて見えないけれど、鹿児島なら、約96パーセントも欠けて見えるという。96パーセントといえば、もうほとんど皆既日食のようなものではあるまいか？

というわけで、日食当日の7月22日は、鹿児島市外の天文台で日食を観察することにした。

山の上にある天文台に到着すると、たくさんの親子連れが、すでにスタンバイしていた。みな日食グラスを手に空を見上げているが、天気はあいにくの曇り……。空は、ぼんやりと白いだけだった。

「太陽、見えないね〜」

大人たちの声があちこちから聞こえてくる中、子供たちは、天文台のまわりにある広場で駆け回って遊んでいた。日食なんて、ちっとも興味がない様子である。

しかし、ときおり、ちらっと太陽が顔を出す瞬間があると、大人たちから「わーっ」と歓声があがる。その歓声にびっくりして、子供たちはあわてて空を見上げていた。曇り空なので、日食グラスを使わなくても肉眼で太陽が欠けているのを見ることができた。

太陽は、本当に欠けていたのだった！

わたしが感動したのは、日食そのものよりも、日食が7月22日の何時何分から始まります、ってきちんと当てている人々のことである。

広い広い宇宙の中にいる、小さな小さな人間が、こんなことをズバリ当てられるなんて！

26年後、再び日本で皆既日食が見られることも、もう当たり前のように発表されている。なにをどういうふうにして、科学者たちが26年後の空のことまで把握しているのかは見当もつかないけれど、でも、すごいなぁとびっくりする。

よく見えなかった日食だったけれど、太陽が約96パーセント隠れているとき、夕方みたいに暗くなって、とても寒かった。子供たちが「寒い、寒い」と言っていた。太陽が月に隠れると、暗くて寒くなるんだ。

その不思議な感覚に魅せられて、将来、宇宙の勉強をしようって思った子供が、きっと、どこかにいたはず。

だから、大人たちのお祭り騒ぎも、決してバカバカしいことだとわたしは思わない。なにかに目覚めるきっかけを、子供たちに与えられているのかもしれないのだから。

そして、その子供たちがいつか大きくなったときに、また宇宙の楽しい不思議を、わたしたちに教えてくれるのだろう。

大人時間

今年は一回しか踊れなかったのだけれど、毎年、盆踊りを楽しみにしているのだった。

盆踊りが上手な友人がいるので、いつも彼女の後ろに張り付いて踊っている。踊りに行く場所はいろいろ。でも、たいてい東京の下町ばかりを選んでいる。踊っている人たちの感じが好きなのである。地元の方が多いのは当たり前なのだけれど、下町の会社にお勤めの人々が、仕事帰りにふらっと踊っていたりするのが面白いのだった。肩からバッグをぶら下げながら踊るＯＬさんたちの、かわいらしさと言ったら！

盆踊りは、一見、老若男女が楽しめるイベントのようだけれど、実はそうじゃない、とわたしは思っている。

大人のものなのである。

盆踊りって、まあ、どこも6時半くらいから始まるのだが、8時過ぎくらいになると、子供にお菓子を配る時間がくる。

それが合図なのだ。

子供の時間は終わったのだ、という合図。

あからさまに「子供は大人の邪魔するな」なんてことは言わないのだけれど、そういう雰囲気が盆踊り会場にただよってくる。今まで、「さぁ、踊って踊って」と、恥ずかしがる子供たちを踊りの輪に入れていた大人たちが、子供に声をかけなくなる。

子供にお菓子が配付された後、やがて、大人たちが本気で踊りはじめるのだった。

踊りの難しい曲が多くなる。『炭坑節』など、渋い踊りも多くなる。そうなるにしたがって、まわりで立って見ていただけの大人たちが、ひとり、またひとりと踊りの輪に加わりはじめ、盛上がってくるのだった。

そして、わたしは自分の子供時代を静かに思い出す。

大人時間になった盆踊りが、とってもかっこよかったこと。難しい踊りになって、仕方なく踊りの輪から外れ、母親や、近所のおばさんたちが、もくもくと踊っている姿を見ていた。子供の出番はないのだと思わされた。

子供はでしゃばるんじゃないよ！

っていう、大人たちの態度。

大人（特におばさんたち）がうらやましかったあのときの気持ち。記憶から消えないまま、いい思い出になってわたしの心に残っている。

大人が主役になる時間って、悪くないなと思う。子供に歩み寄ってばかりじゃ、大人になった甲斐がないというものである。

アルプスの少女ハイジ

そういえば、『アルプスの少女ハイジ』を本で読んだことがあったなぁ。20代のはじめ頃、ふと、図書館の児童書コーナーで見かけて借りたのだ。『アルプスの少女ハイジ』はテレビで観ていたから、もちろん内容は知っていた。でも、活字で読んだことはなかったし、原作があることさえ知らなかった。読んでみたら、あのハイジやペーターたちのいきいきとした声が聞こえてきそうなほど、テレビアニメの印象に近くて感動したのだった。

しかし、それはもちろん逆である。原作のほうがすでに先にあったわけで、そこからテレビ化となったのだから。

そんなことを思い出し、久しぶりにハイジを読み返したくなって図書館に行く。あった。上下巻。待ち切れず、帰り道に喫茶店で読みはじめたらとまらなくなる。昔読んだときと同じく、「おじいさーん」という、あのアニメのハイジの声がよみがえってきて、ハイジがおいしそうにチーズを食べる映像や、ヤギたちが山を跳ねる姿が、色付きの画像となってわたしの頭の中で動きまわっていたのだった。

改めて読んでびっくりしたのは、原作では、クララがあっという間に歩けるようになっていたこととか、おじいさんは犬（ヨーゼフ）など飼っていなかったこと。クララのお婆さんはパーティなど開かなかったし、ロッテンマイヤーさんはクララと一緒にアルムの山には来なかった。それらは全部、アニメ化されたときに加えられた新しいエピソードだったのである。

わたしは原作を読みながら、アニメの『アルプスの少女ハイジ』の素晴らしさにジーンとしてしまった。原作だけでも充分おもしろいのに、さらに、その世界を壊すことなく、アニメ化によってより印象深い作品にしているのである。わたしが原作者だったら、わくわくしてテレビを観たに違いない。などと、勝手なことを思ってしまった。

ちなみに、そのぶん淋しかったのはハイジの続編。作者は別なのだが、ハイジには続編の本が2冊ある。『それからのハイジ』と『ハイジのこどもたち』。ハイジはバイオリンの勉強をするために都会の学校に行ったり、学校の先生になったり、ペーターと恋をしたり……。アニメ化になっていないぶん、読んでいてもちょっぴり物足りない感じがするのでした。

『週末、森で』

わたしはその頃、ほんの少し疲れていたので、そうだ、森の本を描こう！　と、ひらめいた。

森に住んでいる女の人のマンガを描こう。

主人公は、誰とも触れあわず、風にゆれる森の木や、草や、花や、動物たちとのんびり暮らしている。人間など周囲にいなくて、ひとり穏やかに生活する孤高の女性だ。わたしは自分のそのひらめきが、とても素晴らしいもののように思え、原稿用紙に向かったのだった。

だけど、マンガを描き出してすぐ、その孤高の主人公の家に女友達が遊びに来たのである。お土産を片手に。しかも、ふたりも。

あれれ、どうして友達が？　誰とも触れあわぬ人間の物語を作ってウサを晴らしてやろうと思っていたのに、なんで、友達なんか描いているんだろう？　わたしは物語を進めながら首をかしげた。

マンガの中の彼女たちは、連れ立って、森の中を、てくてく歩いた。

そして、「心が折れないため」のヒントを森からたくさんもらうのだけれど、でも、でも、人には森さえあればいいんじゃないってことを、彼女たちは知っていたのである。

ひとりでのんびり生きれば、もう疲れたりしないだろう。そういう生き方もいいのかもしれない。

そんなことを思いながら描きはじめたマンガは、作者（わたし）の予想をどんどん裏切ってゴールにたどりついた。描き終わったとき、わたしはなんだか涙が溢れてきて、しばらくぼーっとしていた。すごく、好きな物語だと思った。

そのマンガが製本されて出来上がったと、さっき編集者から連絡がきた。もうすぐ、バイク便でうちに届くのを待っている。本のタイトルは、『週末、森で』。早く、読んでもらいたいなあと思う。

『週末、森で』というマンガを
出版後、偶然、森ブーム。
便乗したと思われたくないような……
森ガール？

3度目のピアノ教室

仕事で『アマデウス』という映画を観る機会があった。作曲家モーツアルトの生涯を描いた作品である。

映画の中で流れていたその美しいメロディの数々にわたしはすっかり魅せられてしまい、よし、ピアノを習おう！　と思い立ったのだった。

ピアノといえば、これまで二度の挫折がある。一度目は小学生のとき。習いに行ったはいいものの、ノートに音符ばかり書かされるのが退屈で、ろくろくピアノに触らぬままやめてしまった。

二度目は大人になってから。レッスン中、先生にきびしく言われるのが嫌でつづかなかった。

そして、今回が三度目。今度こそ長続きさせたいものだ。

一体、どうすればいいのだろう？

さすがに、じっくり考えてみた。

まず、弾きたい曲を教えてもらうのがいい気がした。ピアノ初心者が習う簡単な曲ではなく、ズバリ、自分が「これだ！」という曲を徹底的に習うのだ。

何年かかってもいいから、モーツアルトの曲をひとつ弾けるようにする！

目標があるほうが長つづきしそうである。

それから、大人になってまで「どうしてできないの」などと叱られるのは懲り懲りだから、うーんと優しい先生に習いたい。これは絶対条件。とりあえず、チラシで見たピアノ教室に電話をしてみた。

「あのぅ、ピアノ習いたいんですけど、体験レッスン受けられますか？」

「はい、大丈夫です。ご希望の日時はございますか？」

受付の女性に聞かれたので、わたしは思いきって言ってみた。

「日時はいつでもいいんですけど、わたし、先生に叱られたり、イライラされたりするの嫌いなんで、そちらの学校で一番優しくて、一番のんびりしている先生に教わりたいんです」

こんなこと言って、なんと返されるのだろうか。受話器を耳にドキドキしていると、

「ちょっと待ってくださいね〜、あ、では、こちらの先生が合うんじゃないかな〜」

などと、先生をチョイスしてくれるではないか。言ってみるもんだなぁ。

早速、指定された日に体験レッスンに行ったら、優しくて、のんびりしているいい感じの先生だった。

というわけで、毎週、ピアノ教室に通う日々なのである。

お土産物色中

旅行の最大の楽しみといえば、わたしの場合、お土産売り場である。

目的地の駅の改札を出たところにキオスクを発見すると、もう嬉しくなる。

どんなものが売っているんだろう？

わたしの好きな感じのお菓子はあるだろうか？

今まで食べたことのないおいしいお土産物があるだろうか？

まだどこも観光していないというのに、早々に、お土産品を物色してしまうわたしがいる。

キオスクも好きだけれど、テンションが上がるのは、やはり、巨大なお土産屋さんだ。それは駅前にあったり、観光バスが横付けになるようなお城の周辺にあったりいろいろ。旅行会社のバッジを胸につけた集団がどどーっと押し寄せてくる物産館が、とにかく大好きなのだった。

いつも隅から隅まで見る。

たぶん買わないだろうなぁというような民芸品の置き物とか、なんとか織りのコースターとか、そういうのも見たい。キーホルダーもひとつひとつ眺めたいし、ものすごく高価な漆塗りの重箱とか、観賞しているだけで満ち足りてくる。

もちろん、食べ物のお土産が一番楽しいので、こちらはさらに念入りに見る。ヘンなネーミングだなぁとか、凝ったパッケージだなぁと感心しつつも、わたしは、ずいぶん長く無添加食品の生活をつづけているので、いざ、自分が買うとなると、ただ「美味しそう」というだけでは財布のひもは緩まない。原材料をじーっくり読んで、なんだかわかんないものが入っている商品は買わない。

名物で、美味しそうで、無添加。

というのは、ちょっと探さないと出会えないのだけれど、このもどかしい感じもいいのである。

自分の納得するお土産を選びつつ、実家の親が喜びそうなもの、お仕事先の人や友達などにもちょこちょこ買う。

小さいものを人にあげるのって、なんだか懐かしい気持ちになる。子供の頃、学校の教室で仲良しの友達と色紙やおはじきを分け合った、あの感じ。似ている気がする。すごく、幸せな好きな感じ。

お土産売り場をササササーッとしか見ない人がいるけれど、一体、何をしに旅行しているんだろう？　と思ってしまう（おいおい）。

ただ、自分自身、いい加減にしたほうがいいなと感じることもある。

つい先日も仕事で北海道に行ったのだけれど、釧路空港で、チーズケーキや、とうもろこしのお菓子など、さんざん買い込んで満足したくせに、羽田空港に戻ってきたら、羽田空港限定土産というのもまた見たくなり、一時間ほど空港内のお土産屋さんをウロウロ……。ものすごく疲れているはずなのに、なかなか家に帰れないわたしだった。

すいません

何度も挫折しているピアノを、再び習いはじめて一カ月。ほとんど経験がないというのに、今回はいきなりモーツアルトの短い曲をレッスンしているところだ。

先生には、「何年かかってもいいです」と言ってあって、先生もわかってくれているのだけれど、でも、うまくいかないとイライラしてしまう。

思うように指が動かない。パソコンのキーボードはこんなに速く打てるのに。たまねぎを包丁で手早くスライスすることもできるのに。でも、ピアノは弾けない。音符も読めない。「ファ」や「ソ」を読み間違えてしまう。

そして、失敗するたびに、先生に「すいません」って言ってしまっている自分に悲しくなるのだった。

別に謝らなくてもいいのである。先生は優しいし、せかしたりもしない。なのに、わたしの口から反射的に「すいません」は、こぼれてしまう。

短大を卒業して会社員になった頃。

わたしの口癖は、「すいません」になった。先輩や上司との会話のときには、必ず最後に「すいません」。

たとえば、「新しい制服が届いたって連絡あったよ」「あ、はい、すいません」。「会議の資料、コピー手伝ってくれる?」「あ、はい、すいません」。

いつも緊張していたし、自分に自信がなかった。不安だった。「すいません」は自分を守る鎧《よろい》だった。だから、一日に何度も何度も何度も。

あるとき、隣の課の課長さんと朝の電車で一緒になった。課長さんは、「おはよう、今日は早いね」と気軽に声をかけてくれたのだけれど、わたしは、とっさに「あ、はい、すいません」と言っていた。課長さんは困った顔で言った。

「なんで謝るの?」

わたしは言った。

「あ、はい、すいません」

そして、思った。わたしの「すいません」は人を不快にさせているのかも。それから、意識して言わないようにしたのだけれど、でも、20年たった今でも、緊張したり、自信がないときは「すいません」で、わたしの心はいっぱいになってしまう。言いたくない。言わないようにしよう。ピアノの予習、復習より、こっちのほうがレッスンには大事なのかも。

欲張りな機内イベント

晩秋の高知県にひとり旅へ。帰りの飛行機でのこと。

機内で聴く音楽は、わたしにとって飛行機内最大のイベント。座席に取り付ける、あのホースみたいなイヤホンって、なんだか宇宙っぽくて面白い。いつも耳に装着するのが楽しみなのだった。

離陸後、機内誌の音楽チャンネルの欄をざっと見る。ふむふむ。聴きたい曲がいくつかあった。平井堅の『僕は君に恋をする』、アン・ルイス『グッド・バイ・マイ・ラブ』、THE BOOM『島唄』、ゴダイゴ『銀河鉄道999』、ハイ・ファイ・セット『中央フリーウェイ』。以上、5曲。

聴けばいいじゃないか、とツッコまれそうだけどいやいや、そう簡単にはいくわけがない。だって、それぞれチャンネルが違うんですもの。

幸運なことに『銀河鉄道９９９』と『中央フリーウェイ』だけは、同じチャンネルで2曲つづいていたのだけれど、あとはバラバラ……。『グッド・バイ・マイ・ラブ』を聴いているときに、他のチャンネルで『島唄』が流れてしまう可能性は大いにあるのだ。

特に心配なのは、『僕は君に恋をする』と『銀河鉄道９９９』が重なってしまうこと。この2曲は譲れないのだけれど、でも、どちらかを選択せねばならないなら、断然、『銀河鉄道９９９』である。わたしがはじめて買ったレコードは『銀河鉄道９９９』。思い出の曲だ。

そして秘かに期待していたのである。

『銀河鉄道９９９』が流れはじめたとき、ちょうど飛行機が着陸のために高度を下げはじめ、東京の美しい夜景が窓の外に見えることを。そうなれば、もう、まさに銀河鉄道９９９に乗車している体感を味わえるというものではないか！

この曲が好きだった。今でも、すべての音楽の中で一番好きだと思う。胸が高鳴るような美しい前奏と、「さあ、行くんだ」という希望に満ちた言葉で始まる歌詞。10歳そこそこの子供だったわたしを、その後、30年も感動させている強い一曲。この歌を聴くと、わたしは、今でも自分の未来が大きく広がっているような気分になるのだった。

あいにく夜景は見えなかったけれど、『銀河鉄道999』は機内アナウンス無しで聴くことができた。さらに、わたしの努力のおかげで、聴きたい曲がすべて聴けた。とっても忙しい1時間半だったが、軽い達成感を味わいつつ飛行機を降りたのであった。

トキメキ物件めぐり

引っ越しをしようと賃貸物件を見てまわっている。

部屋を決めるときは、当たり前だけれど不動産屋さんに自分の希望を伝えなければならない。なるべく明るい通りに面していて、でも、家が仕事場なわけだから、一日中、車の音がするような部屋では困るんです。家賃や間取りはだいたいこのくらいで、お風呂は追い炊きできるほうがよくて、掃除が楽だからフローリングがいいなぁ。それから収納が多いと助かります。あ、あと、自転車置き場が薄暗いのは怖いです。そうそう、体操ができるような広いバルコニーがあると嬉しいです。体操などまったくしていないくせに、さりげなく希望に盛り込んでみたりするのだった。

不動産屋の人は「ふむふむ」とマジメな顔でわたしの話を聞いてくれる。それを見ていると、「ああ、わたしは、今、この人に守られている」という気持ちになる。きっとこの人が、わたしの夢を叶えてくれるはずだ。

そして、いくつかの物件を案内してくれるのだけれど、すべての希望が備わっている物件というものはない。わかっている。そういうものなのだ。

というわけで、ここのところ部屋探しをしていたのだが、やっと、気に入ったマンションが見つかった。フローリングでもなく、追い炊きもできず、それほど明るい通りにも面していないのだけれど、でも好きな感じ。

「この部屋にしたいです」

不動産屋の若い女性に伝える。

「じゃあ、来週からどうぞお住まいください」

スピーディに決まればいいのだけれど、ここからがどんより気が重い。わたしの実家は持ち家ではないし、父も母もとっくに年金暮らし。家を借りるための「保証人」としての力が弱い。

さっきまで和気あいあいだった不動産屋さんの人も、わたしが書く申し込み用紙を見て、急に元気がなくなっていく……。しかも、わたしの職業欄は会社勤めではないのである。

「あのぅ、イラストレーターということですが、何年くらいなさっているのでしょうか？」

「えっと、15年くらいです」

「あのぅ、たとえば、どういう出版社とお取り引きをされているのでしょうか？」

「えっと、幻冬舎とかです」

不動産屋さんはわたしの言うことを「なるほど」と、つぶやきつつメモしている。

「では、一度、審査してからまたご連絡いたします」

そう告げられて店を後にする。さぁ、どうなるのかなぁ。ダメだったら悲しいなぁ。

しかし、ふいに笑いが込み上げてきたのだった。

審査だって！　なんだか役者のオーディションみたい。

「そうよ、オーディションに落ちても、わたし、負けないわ」

ちょっとなりきって夕飯の買い物をして帰る40歳の冬である。

引っ越しに向けて

引っ越しをしようと賃貸物件を見てまわっていたのだが、やっと気に入った物件が見つかる。しかし、わたしの保証人である父が定年で無職であることとか、実家が持ち家じゃないこととか、わたしが会社勤めじゃないこと、などなど、いろんな理由から部屋を借りるのがとっても難しい。申し込んでも、一度、審査をしてからでないと……と不動産屋さんに言われて待っていたら、審査には落ちてしまった。やれやれ。

けれども、完璧に落ちたわけではなくて、保証人を保証会社にすればなんとか部屋を貸してくれると言われる。

保証会社かぁ。ときどきトラブルがあるって新聞で読んだことがあるけど、大丈夫かなぁ。不動産屋の担当者に聞いてみたところ、

「今のところ、こちらの保証会社のトラブルの情報はありません」

とのこと。そりゃあ、そう言うだろう。

わかっていたが、でも、もうわたしには選択肢がないのだから保証会社を使うことに決める。

契約のときに保証会社に支払うお金は家賃の半額。あとは、2年に1回、更新のたびに1万円を払うのだそう。そんなに高くなかったのでホッとする。ホッとするが、保証人さえいれば、使わずに済んだお金である。

よーし、ここは家賃の値下げ交渉をするぞ！

1万円の値下げを頼んでみたら、5000円なら下げてもいいと言われる。いやいや、5000円といわず、1万円下げてくださいよ〜。がんばって交渉する。じゃあ8000円と言われ、手を打つ。

さてさて、今回の引っ越しは「処分」がテーマである。

とにかく、本当に必要なものだけを持って行こう。歳《とし》を追うごとに身軽にしておき

部屋探し中のエッセイを書いたら

もちろん断ったけど、
でも、なんか、感動してしまった

たい。そんなふうに考えるようになってきている。今まで使っていたスチール製の大きな机も処分することにした。もっと簡素な机でいい。たとえば、板をのっけただけ、みたいな。洋服も、写真も、名刺も、靴も、マフラーも、カバンも、いらないものは持って行かない。そう思って片づけをしていると、どんどん物が減っていく。減りすぎると少し不安になってきて、これくらいはいいかなぁとまた戻したり。自分の心と会話をしまくっている引っ越し準備の日々なのである。

いる？　いらない？　いる？　いらない？

ダンボールの山の谷間でこの原稿を書いている。引っ越しの最中なのだった。

連日、自分と会話する日々である。

「いる？　いらない？　いる？　いらない？」

ダンボール箱に詰める前に、品物を見て考える。あまり長考していると、すぐそこまで迫っている引っ越し日に間に合わない状況なので、判断はすみやかに行なわなければならない。

わたしはさほど物に執着がないので、手放す行為にストレスを感じないほうだと思う。特に自分が描いた絵とか、自分の写真とか、そういうものはバシバシと捨てている。衣類は寄付をしたり、家具は業者に買い取ってもらったり。でも仕事の資料や本は捨てられない。これがなければ物も少なくなるのになぁと思うが、必要なものだから持って行く。

こうして、「いる？　いらない？」と、問いつづけている毎日の中で、わたしはあることに気づいた。

「わからない」

という答えが、どうしてもあるのだ。

いるのか、いらないのか、考えてもよくわからない。そういう品々が、なんとはなしにある。

たとえば、大阪弁の辞書（使うこともあるかもしれないが、使わないかもしれない）とか、ウォーキング用のシューズ（ウォーキングには挫折したけど、普段に無理して履いている）とか。いる？　いらない？　と問うても「わからない」のだった。

生きていると、たくさんの人に会う。好きな人や嫌いな人がいる。だけど、好きでも嫌いでもない人、というのがいてもいいのかもしれない。要するに「わからない」の人だ。好きか嫌いか決めないまま、ゆるやかな関係にしておくのもまた、人生の中では有りなのかもしれないなぁ。荷造りしながら、そんなことを考えた。

とは言っても、引っ越しに関してだけは、いる？　いらない？　を決めねば前に進まず……。「どこでもドア」があれば、わたしは迷わず引っ越し後の世界に行きたい！

ロボ君

ロボ君が我が家にやってきた。スイッチひとつで、勝手に部屋の中を掃除してくれるお掃除ロボットのことだ。わたしの代わりに一生懸命、掃除してくれている姿を見ると、なんとなく名前をつけたくなり「ロボ君」と呼んでいるのだった。

そいつは、円盤状のぺったりとした形をしている。小型のＵＦＯのようだ。宅配ピザのＬサイズより少し大きいくらいだろうか。

知人が買って、「すごくいい！」とやたらと言うものだから、つられてわたしも買ってしまった。

と、人に言うと、

「高いやつでしょう！　７万円くらいするんでしょう？」

などと驚かれるのだけれど、お掃除ロボはメーカーによっていろいろあるみたいで、わたしが購入したのは２万円ほどのである。

いや、２万円といっても安い買い物ではない。わかっている。近所の電器屋さんには、６０００円で新品の掃除機が売っているのだから。なのに、わたしは２万円もするロボ君を買ってしまった。だって、だって、勝手に掃除してくれるなんて、子供の頃に描いていた「未来」そのものなんだもの！

それに、わたしは長らく掃除機というものをかけたことがなかった。ずっとフローリングの部屋で暮らしていたので拭き掃除でなんとかなっていたのだ。しかし、最近引っ越した先の部屋はじゅうたん敷き。面倒くさがりのわたしに、毎日、掃除機なんてかけられるだろうか？　と思っていたときに、お掃除ロボの話題である。買ってしまった。

さて、そのお掃除ロボ。充電式なのでもちろんコードもない。スイッチを押すと、グィーンと動きだし、こまめに方向転換しつつあちこち掃除してくれる。大きめのゴミというより、ホコリとか、髪の毛とか、そういう細かいもの専門である。それは買う前から聞いていたので、大きめのゴミは人間のわたしが手で拾っている。

ロボ君は、壁とか、テーブルの脚などにぶつかる前に方向転換などはできない。だから、ガツガツぶつかっている。そして、その音が気になる。近所迷惑になってはいけないので、わたしはロボ君の後ろをついてまわり、ぶつかりそうになると早めに足を差し入れて向きを変えてあげている。なんだか世話のやける新人なのだった……。

しかし、ロボ君が吸い取ったゴミを見ると、結構、たまっているのである。「ロボ君、やるね！」。思わず誉めてしまう日々。でもなぁ、どうかなぁ、つづくかなぁ。ロボ君の後を追い掛けつつ、7万円くらいするロボ君はどれくらい優れているのだろう？　などと懲りずに想像してしまうのだった。

完璧な幸福まではあと一歩だった

2月だというのに春のような昼下がり。散歩がてら野菜を買いに行く。毎週決まった曜日に、近所の駐車場で無農薬野菜を売っているお兄さんがいるのだ。路地裏をゆっくりと歩く。足によく馴染んでいる歩きやすいサンダル。わたしは化粧もせず、手ぶら。「あの家、大きいねぇ」「ほら、こっちの家も立派だねぇ」。どうでもいいような会話だけれど、誰とでもできるわけでもない会話。隣を歩く長い付き合いの彼は大切な人なのだけれど、自分の命より大切か？　と問われればそんなことはない。しかし、わたしの命と同じくらい大切なのだった。

野菜を買った後、パン屋に立ち寄る。名前は知らないけれど、ふたりの間で「おいしいパン屋」と呼んでいる店だ。一番好きなチョコレートパンは、あいにく店頭になかった。代わりに、さつまいものパンをイートインコーナーでコーヒーとともに食べる。「おいしいねぇ」ばかり言い合って食べ終えたとき、

「チョコレートパン、ただいま焼き上がりました〜」

厨房からほっかほかのチョコレートパンが登場！　2個買って表へ出る。やわらかい春の風が吹いていた。

家に帰ってチョコレートパンを食べた後は仕事。わたしは自分の部屋の扉を閉め、加藤ミリヤのCDを聴きながら机に向かう。加藤ミリヤと益田ミリ。接点は「ミリ」だけ。勝手に親近感を持っているわたしである。

音楽を聴きながらする仕事は、マンガの清書である。考える作業のときには音楽は聴かないのだけれど、清書のときはよく聴く。清書しているのは、春の終わりに出版される書き下ろしのマンガ。タイトルは『どうしても嫌いな人　すーちゃんの決心』。完成まであと少し。もう迷うことがない段階。

自分の作品が評価されるかどうかはわからない。評価されないこともあるし、ときどき評価されたりもする。わからない。わかっているのは、作品の評価に対して、一喜はしても一憂しすぎないのがよい、ということと、長く書きつづけなければならないということ。

清書の仕事を終え、今度は夕暮れの街をひとりで散歩に出る。ポケットに千円札を

1枚入れて。とてもいい気分だった。晴れやかだった。そして文庫本を1冊買い、白と黄色のフリージアを買って家に帰った。

完璧に幸福な一日が人生に何回あるのかは知らないけれど、今日はその一回に入るなぁ。

そんなことを思いかけたけれど、いやまて、花粉で目がものすご〜くかゆいではないか。完璧な幸福まではあと一歩だった。

生きるということ

ちらほらと咲きはじめた桜でも見ようかと、近所の遊歩道に出かけた。風は少し冷たかったけれど、気持ちのいい午後である。

犬を連れている人、ウォーキングやジョギングをしている人、わたしと同じくのんびり散歩をしている人。春の遊歩道は、人々の心を弾《はず》ませる陽気な空気に満ちていた。

しばらく行くと、遊歩道脇の小さな公園で、若いお母さんと4〜5歳の男の子がふたりでおままごとをしていた。

テーブルに小石を並べ、男の子がそれをお母さんの前にひとつずつ置いて行く。

「まあ、おいしいそう、いただきます。もぐもぐもぐ」

お母さんが小石を食べるふりをすると男の子は大喜びし、また小石をお母さんの前に置く。するとお母さんは、「まあ、おいしいそう、いただきます。もぐもぐもぐ」。

男の子はとても満足そうだった。

わたしはそんな彼らの姿を見て胸が苦しくなり、涙をこらえながら通り過ぎた。

小石のご飯で幸せな時間を過ごす子がいる。なのに、本物のご飯をもらえずに死んでいく子もいる。

あの子ときっと同じ年頃なのだ。ついこの前ニュースになった、ご飯をもらえず亡くなってしまった小さな男の子。お水をください、と親にお願いしていたという。

お水をくださいと言ったとき、ちゃんとお水をもらえたのだろうか。わたしはそのことでしばらく頭の中がいっぱいになっていた。聞いたことないはずなのに、か細い男の子の声が離れなかったほど。

そんなお願いをするために、覚えた「言葉」だったのが悲しかった。

あの子が、これからの人生で使うために用意されていた、たくさんの言葉が失われたのが悲しかった。

その中には、「卒業しても会おうな」という友達への約束の言葉があったかもしれないし、「好きです、付き合ってください」という愛の告白もあったかもしれない。あの子が使うはずだったすべての言葉も、一緒に死んでしまった。

わたしは悲しい気持ちで遊歩道をとぼとぼと歩いた。見上げればコンペイトウのように白い桜の花。「きれいだな」とつぶやいてみる。「きれい」が、きれいな響きをしていることに改めて気づくのである。

全然、思い通りにならない

自分のことくらいは思い通りにできるのではないか？

ついつい思ってしまいがちだけれど、実は、そう簡単なことではないのである。

ということを、ピアノを習いはじめて改めて思うのである。

たとえば、右手の薬指で鍵盤を弾いたとき、わたしの右手の人さし指はピーンと上をむいてしまう。

「力をぬいて、人さし指が上にあがらないようにしましょうね」

先生に言われて、

「はい！」

と返事をするものの、何度やっても人さし指があがってしまう。

わたしのからだの一部のくせに、人さし指はちっとも従ってはくれないのだ。

自分の口だってそう。全然、思い通りにならない。

人前で緊張しているとき、わたしはどうでもいいことばかりしゃべりつづけてしまう。なんの脈略もなく、次から次から話題を口にしつつ、

「ああ、今、目の前にいるこの人は、絶対に呆れているんだろうなぁ」

と思う。

思うけど、しゃべることを止《や》められず、落ち込みながら家に帰るのである。

だけど、自分の心も同じなのである。気持ちを切り替えようと、がんばったところで、人さし指一本でさえおとなしくさせられないのだ。自分のからだの中で一番大き

な「心」の部分を簡単に操れるわけもない。落ち込んだときは、そんなふうに暗示をかけて、なんとか自分を思い通りにしようとするわたしなのだった。

一度きりの人生と遺言

新しいマンガを描き終えたとき、「大丈夫だろうか？」と思う。売れるかどうかの心配ではなく、ちゃんと出版までこぎ着けるだろうか？　という心配である。

マンガを描き終えたと言っても、それは鉛筆の下絵のようなもの。そこからペンで清書をして、色を塗って、やっと完成である。

ということは、清書の前にわたしが死んだら、せっかく考えたマンガも水の泡。

人生は一度きり。いつ、何が起こるかわからない。未来に生まれ変わったわたしが、マンガの清書をしてくれるはずもないのである。

ということは、とっとと清書をしなくては！　早く清書して原稿を渡さないと出版してもらえない可能性もある。

そんなことを考えると、ものすご〜くあせってきて、「ゆっくりでいいですよ〜」と編集者に言われていても、気持ちはぐんぐん前のめり。ついつい、コンをつめて仕上げてしまう。

しかし、清書ができたところで、まだまだ安心はできない。

今、わたしが死んだら、この清書したマンガが本当に出版されるかどうかまでは見届けられない。

そう思うと、またまた「大丈夫だろうか？」と不安になってくるのだった。だから、清書した原稿を出版社に送るとき、無気味なメモをつけてしまう。

「わたしが死んでも、この原稿を必ず本にして出版してくださいね……」

こんなメモを受け取った編集者は「まったく、もう、この人は」と、毎度毎度、呆れているに違いない。わかっているけど、心配なので書かずにはいられないのだった。だって、遺言ならば、なんとか叶えてくれるはずだし……。

先週、また、このメモを添えてマンガの原稿を送ったばかり。おそらく、出版はまだ先だと思うのだけれど、もう送った、大丈夫だ、と思うとホッとする。ホッとして、次のマンガに向かえるのだった。

本から贈ることば

広島県の小学校から封書が届く。差出人は、学校で図書ボランティアをなさっている方だった。

お手紙とともに『おひさまつうしん』が入っていた。『おひさまつうしん』は、生徒たちに配付している読み物で、おすすめの本などが楽しく紹介されてあった。

「本から贈ることば」というコーナーでは、本の中から、子供たちに贈りたい「ことば」を抜粋し紹介しているのだけれど、そこに、わたしの本から選んでくださった「ことば」を発見したのである。

ふたつあった。

「手もとばっかり見ないで

自分が行きたい場所を見ながらこぐと近づけるよ～」

もうひとつは、

「知らない世界がいっぱいあるんだってことをわかるために大人になった気がするよ」

どちらも、わたしの『週末、森で』というマンガの本からの抜粋だったのだけれど、本当に本当に嬉しかった。さらに嬉しかったのは、この春、小学校を卒業する生徒たちに向けて選ばれた「ことば」だったこと。

彼らが、この「ことば」から何を感じてくれたのかはわからない。

だけど、自分の未来の大きさをふと想像した生徒がいたとしたなら、よかったなぁと思う。卒業おめでとう！　などと、勝手に盛上がってしまったわたしである。

さて、卒業があれば入学もある。

こちらは入学ではなく入社の話なのですが、なんでも、わたしのマンガを新入社員研修に使ってくださっている出版社がいくつかあるという噂を耳に……。

作家と編集者のやりとりを細々と描いたエッセイマンガで、『ふつうな私のゆるゆる作家生活』というタイトルのごとく、ゆるゆるしたマンガである。個人的にはとても気に入っている本だけど、発売以来、一度も増刷になっていなかったような気が……。一体、どのように読んでいただいているのでしょうか。

桜の季節も過ぎ、雨の匂いに夏っぽさを感じる今日この頃である。

一応、大人なんですから

いつからこんなことになっているのか、昔からこんな感じだったのか、それともわたしという人間がその人たちをそうさせてしまうのかはわからない。わからないのだけれど、なぜか、タメ口をたたかれるわたしなのだった。

仕事で電話をしなければならない場合は、できるだけ明るい声で、丁寧に話すように心掛けている。

しかし、相手も同じように丁寧にしてくれるとは限らない。

「ああ、うんうん、わかる、そうなんだよね～」

とか、

「なんだぁ、そういう意味だったんだ～」

などと、かーなーりフレンドリーなトークが多いのである。

いや、フレンドリーも悪くはないと思う。わたしだって、そういうふうに言うとき、ある。そういうふうに言ってもいいと思える関係が仕事上で育っていればいいんでないか？　と感じるから。

けれども、わたしは、初対面というか、初対電話のときに、割合、こういうふうに言われてしまう。なんででしょうかね、マンガの絵があまり上手じゃないからでしょうか……。

受話器に耳をあてながら、

この人たち、なんでこんなことになっているんだろう？

と、不思議な気持ちになる。

ひょっとして、会社全体がこんな感じなのだろうか？　ああ、高校時代、懐かしいなぁ〜。もしそうなら、まるで高校の教室みたいだなぁ。なんというか、もう大人なんですよネ。などと懐かしがっている場合じゃなくて、なんというか、もう大人なんですよネ。きっと、お願いされることに慣れてしまっている人たちなのかもしれない。日々、たくさんの人から「よろしくお願いします」って言われて、ちょっと威張った気持ちになっているのだ。

だけど、わたしまで同じ土俵にたつこともない。

最後まで「よろしくお願いします」って必要なときは言うし、二度と関わりたくなかったら、次に連絡が来たときに断ればいいだけのことである。しかも、丁寧な言葉で。

泣けるかどうか

毎日とっても楽しみなのだった。

ＮＨＫの連続テレビ小説『ゲゲゲの女房』である。たった15分しかない番組だけど、一分一分、大切に観ている。

振り返れば、宮﨑あおいちゃん主演の『純情キラリ』もすばらしかったし、落語家を目指す女の子を主人公にした『ちりとてちん』も好きだった。沖縄が舞台の『ちゅらさん』も面白かった。それらにつづく名作となりそうな『ゲゲゲの女房』である。

という話題を飲み会の席などですると、「わかる、わかる、あれいいよね！」と友人たちも盛上がる。久しぶりに、連続テレビ小説が飲み会の話題に浮上してきた、という感じ。

好きな理由は人によって微妙に違って、

「将来、水木しげるが大成するのがわかっているから、安心して楽しめる」

とか、

「向井理クン、かっこいいよね〜」

とか。演技でいうなら、主演の松下奈緒さんも瑞々《みずみず》しくてステキだけれど、母親役の古手川祐子さんの抑えた演技にもしびれてしまう。

結婚が決まり、故郷の島根を離れて東京に行ってしまう娘のために、古手川祐子さんが着物を縫って持たせてやるシーンなどは、もう、昼間っから涙、涙。わたしは昼に起きるので、再放送を観て泣いているのである。

テレビを観て泣くのはとても気持ちがいいものである。テレビに限らず「泣ける物語」と聞くと、わたしは気になってしまう。泣くとお得な気になるというのでしょうかねぇ……。

だから、テレビや映画、本を読みながら泣く、というのは、今までに数えきれないくらいあるわけだけれど、たった一度だけ、後で泣いたという経験をしたことがある。

宮尾登美子さんの『寒椿』という小説を読み終え、ああ、いい物語だったなぁと本を閉じた瞬間に、突然、わっと涙が込み上げてきた。読んでいる途中は泣かなかったのに、読み終えたとたん、自分自身が小説にくるりとくるまれて、揺さぶられたという感じ。誰かが死んで悲しいとか、そういうことではない。5人の女性のそれぞれの人生を淡々と描いた物語なのだけれど、わたしはしばらく自分の机につっぷして声をあげて泣いてしまったのだ。あの涙は心地のいいものだったなぁと、ときどき思い出すのである。

40過ぎの女4人、銀座にて

女友達と藤山直美さんのお芝居を観にいく。

あいかわらず、新橋演舞場は満員。しかも、見たところ、お客の9割くらいが女の人である。

この日のお芝居は2本立てで、最初の演目は笑いもあるけれどしっとりしたお話。休憩に入り明るくなると、わたしはもちろん、友人たちの目も涙に濡れていた。お芝居を観て泣くのが照れくさいとか、そういう感覚はもうなくて、おばさんのステージに上がった！　という感じ。

「やっぱり、楽しいね、お芝居」

感想を語りながら、幕間《まくあい》にはそれぞれが持参したおやつを配り合う。

わたし、おせんべい持ってきたよ、あら、おいしそう、ほら、わたしはチョコレート。みんなで分け合っていたら、膝の上はもうお菓子でいっぱい。もぐもぐと食べ終え、次の幕が上がると、今度はコメディ。そろって大笑いし、あ

あ、満足、満足と劇場を後にする。

初夏の夕暮れ。

なにか、おいしいもの、食べて帰ろうよ。40過ぎの女4人が広がって銀座を歩く姿は、まるでセレブ映画の主人公たちのよう！　ということもなく、誰に振り返られることもない普通の中年である。

行き当たりばったりで入ったスペイン料理のお店の雰囲気が良く、嬉しくなる。おいしいご飯を食べつつ、テレビの話などで盛上がる。

みんなが共通して見ていたのは、時期が時期だけにサッカーのワールドカップ。それから、『龍馬伝』と『ゲゲゲの女房』。

誰かが言う。

「ねぇ、この中だったら、誰が一番タイプ？」

この中というのは、ワールドカップ日本代表と、『龍馬伝』と『ゲゲゲの女房』である。あとのふたつはいいとしても、サッカー日本代表も入れての選考というのはち

よっと違う気がするけど、誰も待ったナシである。

「やっぱり本田かな～」

「でも、大泉洋もいいよね」

「あのさ、ゲゲゲに出てくるイヌイさん役の人も良くない？」

話していたらおかしくなってきて、パエリアを頬張りつつ大笑い。

こんなとき、ふと思う。男の人って、休みの日、友達とどこに行っているんだろう？　まぁ、たぶん、どこか行くところがあるに違いない。大きなお世話だろう。

10時過ぎにはおひらきとなり、12月の藤山直美も行こうね～！　と別れた。帰りの地下鉄に揺られながら、半年先にも楽しい約束があるのはいいものだなぁと思ったのだった。

W杯余韻

サッカーワールドカップが終わってしまった。

4年に一度というのは、長いような短いような。

いや、長い。

4年という月日はめちゃくちゃ長い気がしてきた。

現在41歳のわたしは、当たり前だけど、4年前、37歳だった。37歳というのは、ギリギリ「30代半ば」と言ってもいい年齢である。30代半ばだったら、まだ合コンの声がかかりそうではないか！

合コン。うらやましい。非常にうらやましい。つい最近、レストランの隣の席で3対3の合コンが行なわれていて、ものすごーく楽しそうだったんだよなぁ。いいなぁ、いいよなぁ。

などと、こんなことを書きたかったわけではなくて、ワールドカップなのである。

テレビで観戦していて、「名前」って美しいと思った。

いろんな国の選手たちの名前をアナウンサーの声で聞いていると、その響きにうっとりした。

たとえば、オランダの選手「ファン・ペルシ」は、深く美しい森の中に住む妖精の名のようだし、ブラジルの選手「ルイス・ファビアーノ」は、百年に一度しか咲かな

ワールドカップ、
テレビを観つつ思うのは
4年単位の自分の歳

い、幻の花の名のよう。ガーナの選手「ギャン」は、遠い宇宙の彼方に輝く惑星の名のようだし、スペインの選手「フェルナンド・トーレス」は澄んだ湖の名のよう。

わたしの名前妄想は、ワールドカップの間中、ふわふわとふくらんでいたのである。

他にも好きな名前はいっぱいあった。「ルーニー」「エインセ」「フォルラン」「ロビーニョ」「スナイデル」「シャビ・アロンソ」「イニエスタ」……。

個人的には、アルゼンチンの「ミリート」という名に親近感があったので、彼を応援していたのだけれど、あんまり出場する機会がなくて残念だった。ミリートさんは、4年後もワールドカップに出場するだろうか？　と、案じる益田ミリなのである。

夏祭りの夜

近所の夏祭りに、夜、ふらりと出かけてみた。

屋台が並んでいて、美味しそうな匂いが夏の空気とからみあってモアモアしている。

どうしよう、何食べようかなぁ。

角煮まん、たこ焼き、イカ焼き、お好み焼き……。

そんなにお腹が減っていなかったのに、あれもこれも買いたくなってくる。厳選し、焼き団子の屋台で「みたらし団子」、それから、焼そばを買う。どちらも熱々だったから、植え込みの縁に座って食べた。なかなか美味しい。

お祭りには、たくさんの人が来ていた。わたしは屋台料理を頬張りつつ、一組の家族のことをぼんやりと見ていた。子供がふたりと、お父さん、お母さん。

「もうっ、こんなに人が来てると思わなかった！　はぁ〜疲れる」

お母さんは大きなため息をついていた。

小学校2〜3年生の男の子は、かなりぐずっている。「暑い、かゆい、荷物が重い」。お父さんは壁にもたれかかってくたびれた顔。家族の誰も笑っていない。

みたらし団子と焼そばを食べ終え、わたしはまたまた屋台偵察に出かけた。

変わった食べ物はないかな？　物色していると、楽しげな女の人の声が背後から聞こえてきた。振り向くと、今度は別のファミリー。小学生の子供ふたりと、お父さん、お母さん。お母さんは、赤ちゃんをだっこしていた。楽しげな声は、このお母さんだった。

「人がいっぱいいて、にぎやかでいいね～！　楽しいね～」

子供たちに話しかけている。

「にぎやかだね～、去年は4人だったけど、今年はユウ君（赤ちゃん）がうちに来てくれたから、5人でお祭りに来られたね～。嬉しいね～」

ふたりの子供たちは、屋台に気を取られてそれどころじゃないみたいだったけど、でも、たぶん、お母さんの声は聞こえているんだと思う。人がいっぱいのところに来て、「にぎやかでいいね～」って、お母さんが言うのって、なんだかとても可愛らしかった。その声を聞いていたら、わたしも一層お祭りが楽しくなっていたのだった。

人生、時々朝帰り

20代の頃にくらべたらずいぶん減ったけれど、それでも、40を過ぎた今も、たまに朝まで遊んで帰ることがある。

遊ぶといっても、数人の友達と安い居酒屋でおしゃべりするだけ。さすがに、少しは体力も落ちたし、途中で、眠たくなってぼんやりする時間もある。夜通し遊んだ翌日は、肌荒れするわ、一日中だるいわでロクなことがないのだけれど、それでも、始発の時間を待って友達とダラダラ過ごす夜が完全になくなるのは、ちょっぴり淋しいのだった。

一緒にいるのは馴染みの顔ばかり。これまで、もう何十回も朝まで遊んでいる仲である。だから、

「あれ？　わたし、この話、前にもしたかも？」

喋りだした途中で気づいても、まぁ、別に何回言ったって許してくれるだろう、と話しつづけることにしている。わたしだって、みなの同じ話を聞いているのである。

お互い、重複して当然！

そう思うユルさも、大切にしていこうと思っている。

午前4時半。居酒屋が閉店になると、そろそろ行くかと店を出る。空は、すでにぼんやり明るくなりはじめている。

「朝だねぇ」

そのまんまの感想を言い合いつつみんなの顔を見れば、女子たちの化粧はすっかりハゲ落ち、男子たちもなんだかすすけて見える。しまりのない中年集団である。

歩きますか。

始発まで少し時間があるので、ぞろぞろと渋谷まで一駅歩く。人気《ひとけ》のない大通りを進めば、やがて、大きなビルの前に岡本太郎の立体作品が見えてくる。お面が何個もくっついているみたいな不思議なオブジェである。

「あいつ、いるいる」

わたしは、ひとり思う。

また朝帰りなんですよ〜。

お面を見上げ、心の中で報告する。20代のわたしのことも知っている、親しみある像である。

しばらくすると渋谷に到着し、駅前のハチ公広場まで来ると解散……とはいかず、なぜかここで立ち話。夜通し一緒にいてもう話題もないから、話すというより「今日になっちゃったね〜」とか言うだけ。

無駄といえば無駄だけど、こういう日もあっていい。いろいろ組み合わさってわたしの人生があるのだ、などと思いつつ、始発電車に乗って帰るのだった。

あとがき

30代の後半から、40歳を迎える時期に書いたエッセイである。

一番辛かったのは、歯が痛かった数カ月。このまま痛みが消えないんだったら、わたしの人生になんの意味があるんだろう？　そんなふうに考えるくらい、とにかく痛くて、やっと腕の立つ歯医者さんに巡り合えたとき、

「痛かったでしょう、これはね、ものすごく痛い症状なんですよ、本当に辛かったですね」

と言われ、わたしは安心してその場で泣いてしまったのだった。人前だとか、そんなのはどうでもよかった。大人になったんだから、泣きたいときに泣いたっていいや！　と思ったのが不思議だった。

嬉しかったのは、いくつかの漫画を書き上げられたこと。特に、『結婚しなくていいですか。すーちゃんの明日』『どうしても嫌いな人　すーちゃんの決心』は、すー

ちゃんという女性を主人公にしたシリーズ作品で、この時期に取りくんだ漫画である。30代の半ばに出版した『すーちゃん』という漫画はほとんど注目されなかった。普通に考えると続編の声は掛からないのである。だけど、「この漫画のよさは、きっとわかってもらえます」と信じてくれた編集者のおかげで、2作目、3作目を描くことができた。

わたしはこれからも、いろんな人に支えられて仕事をしていくのだと思う。だけど、それだけではないって信じている。なんというか、わたしは、わたしを信じているのである。わたしにはまだまだできることがあるに違いない、というわけのわからない自信とともにいるのだった。

どんな40代が待っているんだろう？　一生懸命働いて、そして、しっかり余暇も楽しむ。そういう10年になればいいなぁと思っている41歳の冬である。

２０１０年12月　益田ミリ

本書は文庫オリジナルです。
初出（P.10～P.78）　中日新聞「明日のことはわかりま川柳」
（2007年6月～2008年3月掲載分から抜粋）
（P.79～P.207）　webマガジン幻冬舎
（2008年4月～2010年9月掲載）

前進《ぜんしん》する日《ひ》もしない日《ひ》も

益田《ますだ》ミリ

平成23年2月10日　初版発行
令和7年4月5日　11版発行

発行人――石原正康
編集人――宮城晶子
発行所――株式会社幻冬舎
〒151-0051東京都渋谷区千駄ヶ谷4-9-7
電話　03(5411)6222(営業)
　　　03(5411)6211(編集)
公式HP　https://www.gentosha.co.jp/
印刷・製本―TOPPANクロレ株式会社
装丁者――高橋雅之

幻冬舎文庫

ISBN978-4-344-41627-7　C0195　ま-10-5

この本に関するご意見・ご感想は、下記アンケートフォームからお寄せください。
https://www.gentosha.co.jp/e/